색채 예보,
창문엔 연보라색

J.H CLASSIC 078

색채 예보,
창문엔 연보라색

노혜봉 시집

지혜

최윤선 할아버님

헌사

내 어린 시절 꿈을 키워 주셨던
집안의 어른
이 시집을 최윤선崔胤善 할아버님*께 바칩니다

* 최윤선 할아버님은 외할머니 최옥희의 친 남동생이고, 어머니의 외삼촌이
다. 슬하엔 따님인 최기유가 유일한 혈육으로 생존하고 있다. 최기유崔紀
有는 내 어린 시절의 소꿉친구이자 아줌마다. 아버지는 내가 8살 때 돌아가
셨다. 친할아버지와 외할아버지가 부재였던 빈자리에 최윤선 할아버님은 아
버지와 할아버지 같은 분이셨다. 동경 잇교대학에서 수학하셨고 1936년 일
제 강점기 때, 한글 철자기를 발명하셨는데, 애석하게도 6·25 전란 중에 납
북 당하신 뒤 행방불명이 되셨다.

2021년 초가을
노혜봉

시인의 말

…… 아닌 척,
…… 그런 척,

가난해서 목소리가 잠겼다
(소리가 쉬어서 터져버렸다)
끊어진 말에 색깔을 덧입히고
색깔의 냄새를 덜어냈다

삶의 한 끗,
뼈피리 구멍이 닳아지는 일이라
나날이, 시의 집이 무너지는 터라

희망을 거슬러서 희망을 넘어
그 희망이 사라진 자리를
……희망하는 ……마음절벽

아릿한 미명未明 속
광속으로 날아 온 저 별,
청자 빛 하늘 바래 손 차일을 한 채
허방을 딛는 무명無明의 춤사위.

2021년 초가을
小明 노혜봉

7

차례

1부 그 겹과 결 사이

2부 꽃얼음은 녹아도 어여뻐라

3부 빛, 아늑한 그 자리

4부 찻물의 숨결, 찻잔의 바람결

* 崔紀有가 그린 그림은 (꽃 그림은 이해련, 풍경화는 권영애) 두 화가의 그림을
  모사模寫한 것도 있고, 일부는 본인이 그린 그림도 있음.

• 일러두기
  한 연이 첫 번째 행에서 시작될 때는 > 로 표시합니다.

1부

그 겹과 결 사이

얼굴 사용법

나이 수만큼의 표정은 눈길 뒤에 숨었을까
거울 속엔
무덤덤한 그녀의 얼굴이 살고 있다

손댈 수 없는 네 표정을 문질러 보았다
슬픔이 겹겹이 밀리면서 속눈물은 말라갔다

바람결에 거울을 휘젓고 간 그림자,
너는 시든 꽃, 초조한 눈동자에 불안한 입귀
일렁이던 불꽃도 주름 갈피에 꽃향으로 간직했다
잇단음표 향들이 바로 코 앞 어지러운데

곱씹던 말들 기억 너머로 가뭇없이 지워졌다
날 위해 가꾸었던 표정을 네 얼굴 뒤에 묻었다

연두 연두의 여린 잎들이
산목련 꽃잎을 오롯이 흔들었던 호수엔
너한테만 보였던 미소가 햇귀처럼 싱그러운데

얼굴은 알아보지만 전혀 다른 사람으로

착각한다는 카그라스증후군
어떤 추억도 살아남지 못했으매

그 옛날 눈 감은, 입술의 접점을
느리고 생생하게, 음표로 베낀 간주곡,
이따금씩 반짝이는 바람결
저 구름호수의 무늬들

보일 듯 말 듯 한 그녀 얼굴, 보일 듯 말 듯.

그 겹과 결 사이

ㅁ이라는 방, 마음가면*의 모서리 각이 있는,
저 깊은 곳 ㅇ방은 또 어디에 갇혀 있나

불안한, 초조한, 두려운, 가끔은 오만한 ㅁ,
섣부른 이 지병은 날마다 널 보며 자꾸 보챈다
한참 모자라다 스스로 뾰족한 각을 키운다

부추를 다듬으며 매운 파를 다지며 넌, 무기력해
걸레를 빨며, 잡지는, 신문은 안 보아도 괜찮아
스스로에게 거짓말하지 말자 야단치지 말자

지난 달부터 넌, 쬐끔 아팠지, 암, 고까짓 것 괜찮아
불안해 하지도 말자 미련을 삭이지도 말고
죽을 만큼 기침이 심한 건, 평생 두려워해서 못한 말
무서운 부끄러움이 게으른 구석 점, 점으로 닫혔다

ㅁ ㅁ ㅁ 널 미워했던 싫어했던 거울 뒷면의
한 꿋 욕심, 지루한 편견으로 쌓인 벽, 우울한
오만함이 짙은 잿빛으로 뒤틀린다 둥글게 맥없이,

>

방시레 웃음으로 생그레 음악으로 가비얍게 춤으로
가뭇없이 사라진다 저, 비웃음, 눈웃음, 헛울음,
딴청 짓, 허망한 가면의 겹겹 끝자락을 떠나서

애틋한, 안타까운, 외로운, 애착, 애끈한 저, ㅇ
허전한 울림이 눈결에 꿈결에 귓결에 남실대는

ㅇ ㅇ ㅇ 오롯이, 나만을, 올연히, 온 맘을 드러내
말 속에 묶은 맘 그 끈이 나달나달해질 때까지
어느 날, 아무도 모르게 툭, 투두둑 끊어질 때까지
느슨하게 맞선다 진짜배기 그림자 나를 보듬는다.

* 마음가면 : 브레네 브라운 심리 전문가가 연구해 발표한 용어.

응큼이의 까만색 유혹

나이 서른을 두 배쯤 훌쩍 넘기면, 보통의 남자는
사냥꾼의 원초적 본성이 꺾인다고, 천만에!
젊은 여자만 보면 살짝, 어느새 종족본능이 불끈!
세련된 말은 포장, 근육자랑은 소유욕의 선전 포고

만일, 내 뇌 속에 호랑이 응큼세포*가 살지 않았다면
만일, 갈색 잔털이 내 팔 위에서 흔들리지 않았다면
눈먼, 내 곱슬머리를 귀 뒤로 슬쩍 넘기지 않았다면
눈먼, 네 손에 든 『말테의 수기』 책에 눈이 가지 않았다면

네가 혀라면, 나는 입술, 간절한 목소리, 말, 절규
네가 울음이라면, 난 텅 빈 방에서 침묵하는 활과 화살
네가 나무의 뿌리라면, 난 금빛 사과의 별, 별하늘
네가 쪽빛 파도라면, 난 우유니 사막의 소금, 저녁노을
네가 내 손과 발이라면, 난 바람날개를 신은 불수레바퀴

죽는 날까지 응큼이와 앙큼이 너는 제발
등 긁어 주면서 파스 붙여 주면서 버틸 수 있으리

뉴기니아의 어느 부족 아이들**처럼 숲속에서

원초적 놀이 사랑 흉내를 못해 본 탓인가, 여기
서른, 마흔 넘은 아까운 총각 처녀들, 한숨만 나오는,
응큼이는 앙큼이를 잘 다독여 첫 윙크로 홀려야 할 텐데,

* 이동건의 '유미의 세포들'에서 인용.
** 엘리아데가 연구한 뉴기니아의 어느 부족은 아이들이 집밖에서 하는 성놀이는 모른
  척 넘어가고 집안에서만 하지 않으면 된다고 함.

연두색은 앙큼이보다 순수한 빛이다

'나이 서른이 넘으면 여자는 설 쉰 김치'라는 말은,
틀린 말
젊은 할매가 회갑이 지나도 흰 여우 꼬리털 끝에
죽은 척, 고것이 없다면 여자도 아니지

만일, 내 뇌 속에,
고 앙큼상큼 따리 튼 앙큼세포*가 없다면
만일, 눈웃음 살짝 홀리는 눈주름이 없다면
만일, 고 앵 토라지는 성깔이 없다면
제발, 섹시한 입술에, 손가락 차양을 하지 않았다면
눈먼, 그날,
피를 나누는 '싱고아라' 영화를 보지 않았다면

네가 배신짓거리하면,
난, 아직 사랑하는 척 요살을 떨지
네가 자주 화내고 짜증 부린 뒤,
모른 척 허허허虛虛虛 여유를 보이는 웃음이라면,
난, 호호호好好好 딴청 살갑게 아양 부리는 보조개지
네가 평생 여자를 쫓는 응큼이 사냥꾼이라면,
난, 젊은 사냥꾼을 찾아 춤추는 숲의 요정 앙큼이지

>

그래도, 죽는 날까지 응큼이 너와 앙큼이는
고구마를 구워 주면서, 긴 곱슬머리 잘라 주면서 다독이리
희희희囍囍囍 좋은 길만 곧장 골라 가자고
해해해解解解 마음의 해우소 저절로 찾아 간다고
下下下 好好好 응큼이 앙큼이 고 마음도 다 내려놓으리.

* 이동건의 '유미의 세포들'에서 응큼세포를 변용해 앙큼세포라고 씀.

찌아찌아족 해바라기 꽃 가갸 글자판*

밤새 누군가 내 집 뜰, 어린 해바라기 꽃잎 잎마다
글자들을 까만색으로 빼곡히 모양 따라 새겨 놓았어요
꽃판 제일 바깥 노란 잎에는 모음 ㅏ ㅑ ㅓ…
다시 한 줄 안쪽엔 이중모음 ㅐ ㅒ ㅔ…
자음 ㄱ ㄴ ㄷ…은 그 바로 안쪽 줄 꽃잎에
새끼손톱만큼 안쪽 줄로 다시 들어와 받침이 될 ㅅ ㅇ ㅈ…
쌍받침 ㄱㅅ, ㄴㅈ, ㄹㅁ…은 가장 안쪽 꽃잎에

어느 미로의 방 입구에서 숨을 내 쉬며 암호를 풀어내 듯
꽃술을 보다가 찬찬히 배꼽쇠못으로 시계 판 돌려보듯
글자를 찾으려면 쏘옥 앞니 빠진 자리에서 얼굴을 내밀 듯
ㄴ ㅜ ㄴ 하나 하나 눈꼽재기창문에 나타났어요
자음과 모음 받침까지 맞추어 한 글자 한 글자
글자를 만들며 오른쪽으로 왼쪽으로 꽃잎을 돌려 보았지요

ㅇ ㅇ ㅇ 어여쁜 이응 자를 보면 고리모양의 은방울
ㅅ ㅅ ㅅ 속에는 나란히 산뿔 모양을 한 숫사슴이
해바라기 꽃잎을 헤치며 방가방가 볼우물 짓는데
할아버지는 방가방가 그 말뜻을 알아 채셨는지요

＞

내 어렸을 적, 낫 놓고 기역자도 모르는 사람들한테
한글 깨우쳐 주시려고 어렵사리 손수 짠 꽃판 모양 겹겹이
글자를 쪼로록 앉혀 놓고 창눈까지 만든 가갸 글자판
차곡차곡 인쇄소에서 찍어 오신 글자판들이 다 흩어져
지금은 할아버지의 멋스런 파나마모자 그 뒤안길 기억조차
희미한데요

어린 해바라기 꽃 부끄 부끄러워 발그스름 고개짓 하는데
문득 찌아찌아 족 가므스름한 어린이들의 얼굴 가득
피어오르던 해바라기 웃음 방시레 생그레 생글뱅글
해바라기도 생긋뱅긋 까만 씨앗 한 소식 튼실히 여물면
편지지에 가득 담아 보내겠노라 푸른 잎새 걸고 약속하네요.

* 한글 철자기는 최윤선 할아버지가 1936
년 일제 강점기 때 발명하였다. 당시 한
글을 모르던 국민들한테 쉽게 한글을 깨
우칠 수 있도록 보급하기 위해 두꺼운
종이판에 인쇄해 만든 간단한 철자판
이다. 특허청에서 발명 특허를 받았고
신문에도 시진과 기사가 실렸다. 현재
『한글 박물관』에 그 자료가 비치되어 있
다.

신사가재기 新四可齊記[*]

옛날 내가 여섯 살 적에 할아버지께서는 혜화동 집 뒤뜰에 아주 작은 이층 별장을 지어 주셨습니다. 통조림 깡통을 모아 펴서 색색이 맞춘 글자들이 햇빛에 눈부신 창문 뒤뜰에는 봉선화, 꽈리, 까마중, 담쟁이덩굴들이 그늘을 이루어 그들의 비밀을 나에게만 보여 주었습니다.

나는 자주 뜰을 지나 별장의 삐걱거리는 나무층계를 조심스럽게 올라가 그림책들을 보다간 멀리 창경원 길을 따라 플라타너스 나무들을 세어보곤 했습니다.

뒤뜰은 꽤 넓어 할아버지께서는 토마토, 고추, 가지모종도 심어 주셨습니다. 가시철망에 굴비를 주욱 매달아 말리면 파리들이 윙윙대는 소리, 또 담쟁이덩굴을 따라 돌담을 올려다보면 뒷집 아이를 부를 수도 있었습니다. 돌담 밑에는 통나무들이 그해 겨울의 땔감을 위해 높다랗게 쌓여 있었습니다.

거기 뒤뜰에서는 소꿉놀이, 석필로 그린 그림 그리기, 까마중 몰래 따먹기, 토끼풀꽃으로 반지 만들기, 무엇이든지 다 내 마음대로 할 수 있었습니다. 그래서 나는 그 집을 '피노키오'라고 불렀습니다.

이제 삼십여 년이 지나 우리 집 식구들은 모두 다 흩어지고 혜화동 집 비밀 이야기는 하지 않습니다.

일찍이 백운거사는 큰 잔치를 베푸는 향연도 명아주 국에서 시작하고 천리의 여행도 문 앞에서 시작하는 것이 순서라고 일러 주시지 않았던가요.

　내 고향의 뒷담에는 오늘도 '피노키오'의 뒤창이 열려 있고 까르르 봉선화 씨들이 터뜨리는 웃음소리 방마다 가득가득 익어가는 홍수초들의 나팔 소리들이 수줍게 엎드려 있습니다.

　언제 한 번 당신에게 '피노키오'집 뒤뜰로 오는 길을 가르쳐 드리겠습니다. 그때 할아버지의 뒷이야기도 들려 드리지요.

* 이규보李奎報의 『동국이상국집東國李相國集』에 수록. 신사가재기 시는 첫시집(『산화가』민음사)에 실린 등단시인데 참고로 도움이 될 듯싶어 재수록 하였음.

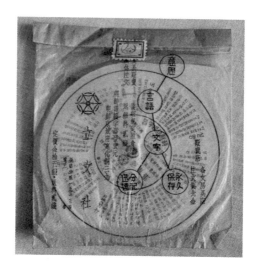

낙엽무덤에서 깨어나다

— 라프마니노프 피아노 협주곡 2번 2악장*을 들으며

1

〈두 번째 방, 라프마니노프는 一心으로 조금씩…〉

───좌절─────은둔─────대침묵───

극심한 충격, 3년 간 그는 스스로를 방에 가두었다
(제2의 차이코프스키, 졸업식 날 그에게서 최고상을 받은,
천재 피아니스트, 교향곡 1번 발표, 혹평)
태풍이 휘몰아쳤다

2

켜켜이 쌓인 낙엽 속에 미련과 연민을 파묻었다
R—절대로 그녀를 다시 볼 낯이 없어, 속삭임이 안 들려,
D—그녀를 봐, 바로 네가 숨 쉬는 입술이지
R—숨을 쉴 수가 없어, 절연, 절연이야
이 목을 조이는 입술을 멈출 수가 없어

\> 　
R—못 해, 아무 소리도 안 들려, 손가락이 꼼짝도 안 해
D—넌 꼭 하늘에까지 닿는 피아노곡을 쓸 수 있어

D—침묵이 번져 가는 곳, 그 환청을 기다려 봐
심연, 무의식의 미세한 떨림을 놓치지 말고 받아 봐,
세상에서 가장 어두운 영혼의 골짜기, 아름다운 전율이
음표로 오롯이 밀려 와 손끝에서 저절로 흘러넘치게 둬

3

잠결인지 설핏 꿈결인지 나른하게
낙엽들이 건반의 샵과 플랫표를 날렵하게 오르내린다
플루트의 감미로운 음률을 손가락에 길게 얹으면
클라리넷이 피아노 음에 이어 섬세하게 벋어서 받는다

그의 연인, 이루어질 수 없는 사촌과의 비련,
나탈리아 사티아와 라프마니노프의 방에서, 한 쌍으로
새의 날개깃이 건반의 물보라를 차며 비상하는 찬란!

남은 것은 요요한 적막, 그의 쉼터, 그리고…….

* 라프마니노프는 프로이드의 제자인 세르게이 달의 심리치료 최면법을 받아서 이 곡 2,
  3악장을 먼저 작곡하고 연주 공연을 한 후에 1악장을 작곡하여 세르게이 달에게 이 곡
  을 헌정 하였다 함.

프리다 칼로의 마지막 그림 '인생만세'

짙은 초록색 수박 한 통이 한 가운데, 온전히 튼실히 잘 익은 수박 한 덩이는 얼마나 부러운 존재인가!

날벼락. 교통사고, 쇄골 갈비뼈가 부러짐, 골반 뼈가 세 동강으로 부러지고 으스러짐, 다리뼈가 11개나 부러짐. 반의반으로 잘린 수박 세 조각, 산산조각이 난 뼈와 뼈에 그녀를 톱질하는 소리 칼로 난도질하는 소리 망치소리.

초록색 껍질을 벗기고 꽃잎처럼 톱날 모양으로 자른 수박 한 덩이, 꽃다운 처녀는 두 팔을 빼고는 온몸에 깁스를 한 채 오직 천정만을 보며 누워있다. 올무에 걸린 채 울부짖는 짐승. 침대에 묶여있는 식물.

천정에 달린 거울 속 제 모습. 살에 박힌 대못, 고통과 사슬에 얽매여있는 한 존재, 살고 싶다는 버둥거림, 압도적인 외침, 단 하루치의 삶! 허공에 떠 있는 한 순간. 그림은 살고 싶다는 단호한 외침.

결혼은 환상적 상실. 사랑한다는 배신, 서른 번이 넘는 수술, 끝없는 나락으로 세 번의 유산까지, 그림보다 더 예술적인 생명 창조, 살아 숨 쉬는 노란 연두색 수박 같은, 그 초록색 탯줄을 끊고 아기파랑새를 귀하게 품에 안고 싶었나. 자기혁명 인간승리의,

살점이 무르도록 새빨갛게 눈물이 익어 까만 씨가 점, 점으로 살아 있는 수박, 선홍색 피로 물든 온몸, 겹겹 삶을 저몄던 고통이 영글어 새까만 글자로 박혀있다. '인생 만세' 라는 47개의 사리가 선명하게 빛을 밝힌다.

파랑새로 꼭두새벽 창공을 날고 싶다는 저 희망.

색채 예보

지금은 안개 색, 안개 색과 놀아 주어야 할 때,
그대가 내 심장의 관상동맥 한 혈관을 막았을 때,
죽음이라는 숨턱을 넘는 것이 숨 쉬는 것보다 쉬울 때,

여기는 안개 색,
허우적거릴 뿐, 부유스름한 물살에서
세차면서도 부드러운 물너울을 타고 얼굴이 잠길 뿐,
사방은 온통 물안개바다,
잠의 눈꺼풀이 마냥 무거울 뿐,
잔잔한 물살에 몸을 맡긴 채,

또 다시 부유하며 격랑에 휩쓸려가는 벌거숭이 몸
기진맥진 나뭇가지를 부여잡을 뿐,
(엄마, 어머니, 어머니……) 오열하는,

저 멀리서 갑자기 잠이 환하게 촛불을 들어올렸다
─엄마, 나예요, 나, 울음에 목 쉰 소리
─응, 여기가 어디지, 가슴뼈를 송곳이 마구 찔렀다
분당 서울 대학 병원 그물 시술 중환자실

\>

그대가 내 가슴을 쥐고 목숨 줄을 꽉 조였을 때,
어두운 숲길 내 시간이 그루터기에 걸려 쓰러져 있었다
죽음이란 유혹, 알약에 취해 실컷 몸과 놀고 싶었다

내 명줄을 딸이 꽉 잡고 있었다
하늘 한 조각이 꽉 내 발목을 잡고 있었다
살아 봐, 살아 보는 거야,
개똥밭에 굴러도 뒹굴며 살아 봐,
연한 보라색, 보라색은 신비한 하늘색이지
새로 태어나는 색이지, 신새벽 저 창문을 봐,
오롯이 보이는 새별, 개밥바라기별을 다소곳 바라 봐.

불쑥 불쑥, 교감

그이 머릿속에 살고 있는 감정세포는 도대체 몇 명이나 될까, 피곤하다. 제일 힘이 세다는 변덕세포*가 튀어 나오면, 맷돌 가는 소리가 들린다. 은박지 내 자존심은 여지없이 마냥 구겨졌다. 이 변덕세포*는 숨어 있다가 내게 골탕을 먹이려고 작정한 듯 연습 삼아 툭, 아무 때나 나온다. 별 것도 아닌 일에 삐치기도 잘 하는데 그 변덕세포가 죽 끓듯 한다

그가 내놓는 사랑세포는? 도대체 나이가 몇 살인데 때 아닌 사랑타령. 나이를 먹더니 내 말끝이 뻣뻣하기가 대나무 마디 같단다. 나들이 짬짬 폰 메시지를 열면 '여보, 밤늦게 전철 안에서 졸다 엉뚱한 데서 내리지 말고…사랑해, 뽀뽀!' 아고! 뒷말을 남이 스쳐볼세라 얼핏 폰을 백 속에 감춘다. 낯간지러워 나는 '사랑해'란 문자를(ㄱㅎ섬의 매친년 같이 떡판에 엎어질 수는 없지) 한참 건너뛴다.

다행, 그이의 출출이세포가 불쑥 등장. '오늘 점심엔 냉콩국수나 시킬까? 오랜만에 피자로 때우지?' 하는 날엔 풀 죽어 있던 힘이 소로록. 코비드 19로 내 자린고비세포가 고개를 바짝 쳐드는데, '오늘은 죽은 척 숨어 있어.' 출출이 침이 한참 고일 때,

\>

　그이의 감성세포를 찾는다 그대여, 이제 문을 밀고 두 귀를 쫑긋 세워 봐요. 폰을 열면, 나나 무스꾸리의 노래「왜 걱정하는 거야?」해맑은 음성에 마침맞게, '걸음아 날 살려라' 그이의 뒷북세포가 내 어지러운 마음 발자국 따라 밟으며 오는 목소리. 저 멀리서도 들리지 지금.

　* 몇 가지 세포 이름은 이동건의 '유미의 세포들'에서 인용함.

결정 피로

묵은 고구마는 물기가 적어 가슬가슬한데 그냥 살까? 달걀 햇 감자가 눈맛에 혀맛에 착 들어오는데 감자로 해? 옥수수빵으로 할까, 모카커피빵으로 살까? 둘 중 하나만 고르기, 순간마다 이 유를 대는 고집 따돌리기. 아예 두 가지를 다 사? 그건 욕심이 과 해, 감정을 조절해 봐.

화장실 벽타일을 닦을까, 싱크대 위에 놓인 양념 통 7개를 거 꾸로 접시에 깨끗이 비움, 반짝 꽃무늬가 윤이 나도록 닦아 햇빛 에 살게 둘까…두 가지 일을 맘먹고 다 해? 결정을 내려. 어서! 네 몸을 생각해 봐, 아무래도 불안하다. 등 뒤 척추 옆 뼈가 또 아 프면…손목 인대 늘어진 곳이 아프면? 영양주사를 맞아 볼까, 불안감이 점점, 더,

드디어 결정을 회피하기 시작. 계속되는 압박, 압박감에 시달 림. 파김치. 오늘을 살 것인가, 오늘 죽을 것인가! 선택기로에 선, 보류하라, 중요한 결정은 보류. 압박에 몰리면 판단 착오, 내 삶에 결정적인 피해를 주면 안 돼지, 최선의 길은 보류.

펀뜻! 감정 다스리기, 리스트의 「콩솔레시옹」을 듣고 위안을 받는다. 말러의 「교향곡 5번」 힘찬 트럼펫 심벌즈 소리를 듣는

다. 재충전, 명상, 속눈썹 바깥 창을 내리고 깊은 숨 고르기, 나와 감정이 엇비슷한 그녀를 초대해 꽃차를 마실까, 고조곤히 속마음까지 우려낸다 잣나무 숲을 산책하며, 자분자분 잣향을 無心에 수놓으면서.

감성 연습곡

월일	수입	지출	잔액
2021년			
1월 1일	꿈하늘 조각보	오방색 헝겊	보지 않음
1월 2일	은빛 눈나라 나무들	5000만원	백석 평전
1월 3일	눈 분무 속 연인들	붓, 먹	구르몽의 시「눈」
1월 4일	꿈 속 연금 인상	꿈의 해석	날아다니는 꽃잎
1월 4일	처방전, 새 카드	심전도 곡선	박하사탕
	심장약	75,300원	수면제
1월 5일	금강송 길 산책	공짜	시작 노트
1월 6일	눈사람 사진	손, 손가락	文友
1월 7일	가름끈(책표)	가계부	ㄱ의 순간
1월 7일	물방울 그림	105,000원	깨진 안경
1월 8일	멘델스존의 無言歌	탈출 연습	악보
1월 9일	문학의 집	장자의 소요유	간절곶 섬
1월 9일	현대시	천둥소리	보이지 않음

하늘 세무서에서 온 고지서 1장. 납세자 노혜봉
(몇 십 년 간 공짜로 받은) 하늘 혜택료 세금 7,000만원
납부 기일 2021년 1월 31일까지.

\>

멍! 숫자들이 구름 날개 깃털을…… 날렸다. 꿈속,
글줄들이 오선지 악보를 타며 날아다니는 눈꽃 그 눈물을
묻었다. 잇단음표처럼 숨는 물너울 울음. 무지개 방울방울
오래 전 쓰다 남은 잉크 빛, 여명이 새밝은 오늘, 햇덩이.

그녀의 두 번째 얼굴

안경의 연푸른빛 렌즈는 말없이
섬세한 그녀의 눈길을 보낸다 비취빛 찻잔에
연잎차를, 아님, 라벤더차를 드릴까요?

가을 아침 쌍글한 느낌이 손등을 스치듯
무테안경은 지적인 품 세련된 격이 풍긴다
무서록 에세이의 책갈피를 찬찬히 넘기듯
낙엽에 내린 첫서리, 반짝이는 문향을 듣는다

바람 일어 스산한 마음엔 갈색 실크 원피스 차림
이 연한 하늘색 빛깔의 안경이 어떨까요?
녹색 렌즈도 좋지만
안경을 쓰고 전신을 비춰주는 거울을 보면
나이가 좀 들어 보여도 그 맵시에 잘 어울려요

렌즈의 두께가 1mm 두터워지는 건
흐릿하게 보이는 것을 바람 길손에게 넘기고
무엇이든 아득히 바라보라는 뜻
본색을 보지 못하는 건 때로 약이 되는 법

\>

단풍 든 낙엽의 깊은 주름, 눅진한 살색은
감잎 빛깔 안경을 쓰고 본 내 두 번째 얼굴
하늘빛 하늘물을 공짜로 받아먹어야
고심 고심, 약뜸이 얼굴에 제대로 새겨지는 법

어린 감나무의 노래가 된 잎들을, 감속에
영근 알맹이를 고요히 正色으로 응시한다.

사라진 다듬이 돌의 길

안방 베란다 구석에 처박혀져 있었다
회색빛 살결은 할매와 에미의 품에서
갈라졌어도 예전 돌산 먼지 그 빛깔과 닮았다
쓸모없어 버려진 몸, 물로 닦아 한결 차가운
가끔 오이나 무를 베보자기로 싸고
돌막으로 지지눌러 물기를 빼는데 썼지만

방망이가 네 몸을 두들기진 않았다
바람 속 방망이소리를 보내곤 잊어버렸다
무명천도 호청도 명주 양단 옷감이
판판히 반짝이는 본색으로 드러날 때까지
마음 접어서 두들기고 다듬고 펴고는 했다

이따금 쏴아 솔잎 소리가 일렁였다
빨래 줄에서 만국기처럼 팔락이던 옷감들
설렘 시름 서러움 외로움 나른함에 지친
빈 다듬이 돌만이 덩그러니 잿빛 울음을 삼켰다

무심한 봄바람도 돌아보지 않는 구석자리
시집 올 때 인두 반짇고리 혼수로 챙겨온

무거운 이 회색빛 침묵, 울음 무늬가 돋보이는
마음바닥 한 자락 서늘하게 구겨져 있었다

—얘, 너 이건 무엇에 쓰는 돌인지 알아?
—응, 난타잖아 방망이로 쳐서 돌울음을 듣는 거야

여주 박물관 전시장 유리벽에 비치는 눈도장들
노랑 병아리 흰 병아리 깜장 병아리들 산뜻하게
애기소나무 솔잎 스치는 소리가 봄나들이를 나선다.

캥자깽이판

—느그들 요오서 캥자깽이판 벌렸나?
권 시인이 툭 진주 사투리로 하는 말
시인들 몇 눈길을 모으며 무슨 뜻이지?
기분이 좋아 흥에 겨워 추는 춤판이란다

(짙은 노을빛 랍스타 살을 반쯤 남긴 채
아까워 사뭇 눈길을 못 떼어놓던 차에)

오하우 섬 크루즈 안의 식당 앞 무대에서
북소리 전통 악기 소리에 맞춰 원주민의
지축을 흔드는 목소리에 신바람 사냥춤이
잠자던 우리의 맥박을 신명나게 불러냈다

얼굴과 팔다리엔 색색 문신으로 치장,
머리엔 진초록 색 나뭇잎 관을 쓰고
나뭇잎 긴 목걸이에 나뭇잎 치마를 두르고
시인들 모두 사냥꾼이 되어 반얀트리 숲속으로

꽃관에 꽃목걸이 꽃허리띠 꽃팔찌에
무용수의 훌라춤은 절정! 허리를 털며 휘돌았다

나는 긴 스카프를 손가락 끝에 살짝 쥐고
조명이 비치는 한 옆 발자국을 선뜻 내디디며
어깨선을 따라 춤사위에 스카프를 날렸다

―노샘도 요오서 캥자깽이판 물이 올라버렸네
창밖을 보니 먼 바다에 잠들었던 물너울을 댕겨
크루즈 식당 발아래 놀빛 꽃물로 가득 채우곤,
여왕의 알로하오에 노래가 애잔하게 들리는 듯,

잠스위치

생체 시계 뇌 자동 단추가 잘 못 눌러졌나
밤 두시,

소라 하나 소라 둘 소라 셋…일흔 넷…
뜬잠은 유년시절 목록을 보며 동화책 갈피를 넘긴다

팅커벨이 소라 빛 줄무늬 둥근 귀에 속삭인다
월미도 찐 꽃게를 먹을까 바위에 붙은 생굴을 캘까
숨어 있던 말들이 삽화를 젖히고 모래를 턴다

비단가리비 하나, 둘…열…가리비 하나…아흔 둘…
팅커벨이 모래 속에서 초록빛 지팡이를 찾아 흔든다
내 책상 위 '꽃노래' 악보를 점점 느리게 넘기며
오선지 네 칸 줄 위에 음표 이름을 써 넣는다

넌 소라 귀, 넌 꽃조개 입술이야, 전복은 탬버린,
테를 비스듬히 쥐고 가볍게 흔들어봐
가리비는 심벌즈, 쉬었다가 리듬을 놓치지 말고
썰물 따라 오선지가 잠기며 옅은 잠은 가라앉았다

\>

바다 피아노는 드비시의 '달빛'을 은은하게 들려준다

새벽을 여는 푸른 달빛이 창문으로 새어 들어온다

누비 요 위에 조개들이 별눈처럼 늘임표를 그린다
팅커벨이 모래를 끼얹어 두 귀 가득히 잠이 쏟아진다
잠 껍질을 두드려 깨야지, 모래로 쌓은 성이 무너지는데

겨울 아침 햇살이 비스듬히 커튼 사이로 비춘다
잠 꺼지는 뇌시계가 어디에 있지, 잠 스위치는 어디!

그대가 스며들어 녹인 조각, 종유석

15만 년 전까지
나는 어둠 속 석회 빛 바위 덩어리였다
따스한 빗물
그대는 지하로 고요히 찬찬히 스며들었다
가만가만 바람도 내 살과 살을 울렸다

나 역시
떨면서 그의 물길에 입맞춤,
나의 혀 입천장 귀밑 목덜미 쇄골
젖꼭지 배꼽 주름 속, 따스한
그 아래 깊은 골을 내어 주었다
소리의 짙은 절정, 부르짖음을 새겼다

저 멀리 동굴 빛이 새어 비추는 들머리,
물소리의 폭포가 흐르다 멈춘,
종유석 파이프 오르겐 둥글고 긴,
가는 관을 깎아내린 장엄, 저 신전
빛이 닿자 온 살과 몸이 덩어리 채
깨어났다 동굴진주도 석화도
석순 석주도 주름진 커튼들도, 환희의 떨림

교향시 『짜라투스트라』* 가 울려 퍼졌다

(트럼펫 소리 강렬한 붉은 색 햇살이 좌악
비춘다 쿵쾅! 쿵쾅! 쿵쾅! 심장 소리)

'오! 위대한 천체여,
만일 그대가 비추어 줄 내가 없다면
그대의 행복은 무엇이었을까
꼭두새벽부터 난 기다렸다
또 깊은 골짜기를 찾아
저 아래로 그대는 내려가리라'**

한 자리에 모여 그대가 이룬 커다란 못
휴석소休石沼, 난 그 거울에
온 몸 골골이 담가 희열의 빛을 들이 붓는다.

* 리하르트 슈트라우스가 작곡한 교향시 『짜라투스트라』.
** 니체의 『짜라투스트라는 이렇게 말하였다』에서 변용.

2부

꽃얼음은 녹아도 어여뻐라

눈물꽃이 그린 달빛매창梅窓

붓은 그녀가 태어난 자리 말의 입술입니다.
먹은 외로움이 태어난 그녀의 자리 그을음입니다
달빛매화 그림자는 눈물이 그린 울음꽃 창입니다.

들을 귀가 있나요? 그이에겐, 진짜로

맨 처음 그이를 보았을 때, 새푸른 내 심중에 꽂혀
단박에 짧은 평생이 찰나에 멎은 은애恩愛라는 걸…
꿈인 듯 거울 속에서 달빛 보며 날밤을 새고
그이 만나 은정恩情 깊이 나눈 벼루에 먹을 갑니다

처마 끝 맑은 풍경 소리 잦아들고 별빛은 밝은데
소나무처럼 푸르리라 언약했던 날 언제인가요*

얇은 귀가 다만 하나라도 있나요? 그이에겐,

그이 손에 잡힌 내가 벼루에 갈고 가는 먹이라면
새까맣게 그을은 마음, 붓밥이 되어 줄 텐데
내가 그이 집 창 앞에 어린 달빛 그림자라면
선뜻 사느랗게 매화꽃 종이거울이 되어 줄 텐데

>

천리에 외로운 꿈만 그이 집 담옆을 오락가락 하는**

짙푸른 내 영혼을 모조리 도둑질해 간 연인이여!
언제 꿈엔 듯 열흘 꾸어서라도 말미를 내어
둘이둘이 심지 깊은 시를 짓고 화답을 나눌까요

들을 귀, 두 귀는 있나요! 진정 그이에겐,

그의 영혼 갈피 겹겹이 곱게 숨어 사는 지금,
나는 당신이 앉으나 서나 恩愛하는 입술붓,
손가락 끝에 착 달라붙었다 따라 나오는 힘! 저,
말붓, 그이 집 고요한 달빛매창 외로운 꿈이 되겠어요.

*, ** 매창이 쓴 시 인용. 연인은 유희경.

꽃돌, 청매화 화분을 보내고

스승님이란 그늘도 가려져 멀리 있는 말
서방님이란 죽어서도 감히 부를 수 없는 말

선생님, 배낭 속엔 따스한 수석 두 개를 넣어
오랫동안 무거울 거예요 솜조각보로 두른
청매화분은 손으로 감싸 가슴에 품고 가세요

꽃돌 문을 닫아 버렸지만, 은향아, 찾으시면
서원 완락재玩樂齋 창문을 열어젖히고
매화 은방울 곡을 불러드릴게요 절대로,
금강송돌문은 제가 가는 날까지 열지 마세요

오늘은 여기, 선생님 따라
나들이 왔던 도담 봉우리 한 끝자락에 앉아
그날처럼 바위 주름 골골이 이끼 풀 살피며
발곱을 씻겨 주고 쇤 발톱은 잘라봅니다

물결은 깊푸른 비단 깁, 一心으로
끊어진 가야금 소리도 멎어 고요합니다
춤을 긋던 손가락은 두 손을 잡은 채, 종일

덤덤히 졸고 있는 나룻배를 바라봅니다

선생님은 '내 전생은 밝은 달'*이라 하셨으니
제 전생은 달을 지키는 금강송돌이었을까요
'몇 생애나 닦아야 매화가 될까' **
그 깊은 숨 꽃돌 속에 매화 향 쌓여만 갈 텐데

안동포 풀 먹인 선생님 품격에 흠집 날라
하릴없이 손톱 끝에 물을 묻혀 모래톱 따라
써보다 지우는 애지중지 남진男人***님 글자
잔 물살 따라 하염없이 흘러가는 매화꽃 그림자.

*, ** 이황이 지은 시.
*** 서방이란 뜻의 고어古語. 표기는 男人으로 읽을 때엔 남진으로 읽음.

청매화를 은애恩愛하다

── 퇴계가 두향*에게

넌, 은향이, 내가 지어 준,
세상에서 나만이 부를 수 있는 이름

얼굴 좀 들어 보아라
은향아
눈파람, 진눈깨비, 하늬바람에
여위었다고
진창바닥 눈물에 짓물러
민낯은 골주름 패였구나

도담 삼봉에서 불어 온 모래 결
강선대 매화꽃 꽃바람에
꿈길조차
一心으로 찾아온 향내, 밤낮
내 수염도 서걱서걱 바스라 졌느니

청매화 꽃 은향아, 내 몰골
민망해서 더는 보일 낯이 없어
완락재玩樂齋 안뜰에 옮겨 심었으니

\>

내 전생은 밝은 달이라

가깝고도 먼

네 사창紗窓에 해맑게 비추어

한 필생 날밤으로 닦아

윤二月 달꽃 속에 핀 청매화가 될까.

* 두향 : 이황이 사랑 했던 기생. 퇴계가 48세 단양 군수로 있을 때. 18세의 두향과 만
  남. 두향은 시, 서, 가야금에 뛰어났고 특히 매화를 좋아 했다 함. 9개월간의 사랑 끝
  에 이황이 풍기 군수로 전임해 이별. 두향은 수석 두 개와 매화 한 분을 퇴계한테 전했
  다고 함.

별리, 애원성 눈물매듭이 빛날 때

도련~님 최상성 소리가 휘어져
아찔! 허공에서
매화 꽃잎은 단번에 곤두박질

오리정 자줏빛 기둥이 흔들렸다
(호리병 속에 너를 넣어 차고 갈까
귀주머니에 고이 챙겨 갈 수도 없고)

햇봄 꽃다운 봄향이는 어쩌리
잠속인가 가난한 꿈속인가
님의 말고삐에 목을 매여서 죽고말지

오장육부 바닥에서 차오르는 맞소리
꽃향은 숨이 끊는목으로
차디찬 벽공 위까지 솟구쳤다

(천리마 날개를 밟고라도 곧장 다시 오마)
님 말은 깎아놓은 얼음바늘
봄향 꽃술에 목젖이 핏방울 토하는데

\>

오리정 밖으론 한 끗발 차이
각구녁 소리로도 넘어 갈 수 없다니

애원성 나머지는 간절한 눈물매듭
봄향 이름을, 제 살 녹여, 뼈 다 녹아내려
눈물로 겹겹이 새긴다, 저 방죽에
물별로 반드름 나머지 밤길을 밝히리

다시금 도련님 미소가
물별 사이로 구을러 어루만질 때
매화꽃은 봄향 씨앗으로 여는목도 푸르리.

곡진하게 눈물로 매듭을

옥방의 찬 자리, 귀곡성만 들렸다
꽃이 피는 방울목 굴리던 소리는 숨을 죽였다
사뿐 발등 즈려밟는 '업고 놀자' 발림은
멀리 한양 님 따라 바람소리에 묻혔다

썩은새 같은 쑥대머리 손가락 빗질을
엮어서 잘라 내린다 여린 그믐달빛, 감감
무소식 도련님은 얼음방석에 무릎을 꿇릴까

장독 오른 등짝 피고름을 손가락에 묻혀
속적삼 속 가슴에 꿈 몽夢자 자국을 덧없이 찍는다

한 소매엔 눈물로 덧칠한 도련님 서늘한 눈매
보고 싶다 보고 싶다 신새벽 보일 듯 보일 듯
적막한 밤하늘엔 박쥐들 날갯짓 소리
홀로 안고 태워도, 짝 마음 찾아 그늘지는 소리

정 둔 님께, 발을 뻗자 풀뿌리는 상사화 꽃무릇이지
방울목 울음 굴리며 날개깃 활짝 날아서 가리
소원을 쌓던 돌멩이는 극진하게 돌무덤 무덤덤

>

옥방 눈물 진자리엔 꼭두서니 빛이 홈빡 물든다
꽃무릇 입귀마다 스치는 '업고 놀자' 님의 목소리
청띠제비나비 비늘무늬는 꽃술 속으로 팔락팔락 팔랑!
꿈결 속 꽃구름 타고 둥둥둥 어화둥둥은 내 사랑.

천년이 지나도 연꽃은 그냥 열여섯 살

엄니의 탯줄을 끊고 열여섯 해 부대끼며 살아낸 몸
죽음이란 끈을 한 치씩 다가서 팽팽히 허리에 묶었다
종종걸음으로 잔누비질 고두누비질* 외길을 누볐다
청이가 살던 집, 차디찬 방은 이제 불 꺼진 몸이다

죽음 길 지켰던 등잔불 마지막 빛도 훅 꺼버린다
참말로 죽어서 물거품으로 스러져야 하나
(남경 장사 뱃사람들의 성화)
가물가물 연꽃바위에 청이의 울음꽃 바람에 새긴다

둥둥둥 둥둥둥 인당수 회오리 소용돌이
캄캄절벽 뱃머리로 휘루룩 달려들었다
엄니, 엄니, 휘몰이 속으로 까마득 치마폭 폈다 풍덩!

(김소희 명창이 부챗살을 허공에 좍 폈다 탁,
쥘부채를 무대 바닥에 놓아버렸다 풍덩!)

수궁 속, 채색 찬란한 비단 휘장 구름을 헤치며
옥진부인**의 애끈한 울음소리를 가슴에 품었는가!

>

우르르르르르르 철썩 철썩 찰랑 찰락찰락찰락

떴다 보아라 인당수에 둥싯둥실 봉오리 속에 꽃잠 든 청아,

* 위 아래로 촘촘히 누비는 바느질.
** 심청 어머니 곽씨부인이 용궁에서 받은 이름.

심청이 두 번 죽다

연꽃 꽃봉 속에서 심청은 백년을 귀잠에 취한 듯

찬란한 비단 옷에 갖가지 맛난 음식도 시큰둥
밤마다 시름에 도화동으로 마냥 꿈길을 헤맸다

임금님께는 '자나 깨나 오로지 낭군뿐입니다' 달랑
백지에 써 놓고 속곳 주머니에 은전을 챙겼다

짚신발로 옛집에 당도하니 아버지는 출타 중
뺑덕 어미는 젖가슴을 드러낸 채 머슴과 희희낙락
콩찰떡 송편 잡채 쌀엿 약과 다식에 식혜에 수정과
청이는 모스러진 마음 한복판을 마구 문질렀다

우물가 빨래터에서 가까스로 찾아 낸,
고의를 물속에 처넣은 채 주물럭대고 있는 심봉사
아버지, 아이고! 아버지, 여태 눈을 못 뜨셨소
아니, 날보고 아버지라니 내 딸 죽은지가 까마득한데

아이고, 내 눈이야 눈이 있어야 딸을 알아보지
눈을 꿈벅꿈벅꿈벅 번쩍! 떴다 보인다 내 딸 얼굴이야

생전 첨으로 내 딸을 보는구나 물고 빨고 내 달덩어리

아버지는 나 죽고 **뺑덕** 어미가 그리 살맛나던가요?
죽기 살기로 앉으나 서나 내 눈이 벌겋게 짓물렀는데
아버지 평생소원인 딸도 보고 달도 보았으니,
뺑덕 어미하고 사세요 호랑이가 바싹 물어갈 때까지

청이는 용궁에서 그립던 엄마모시고 천년을 살 테니,
버선발 연꽃 바위로 내달려 인당수 물너울에 풍덩!!!

우르르르르르 철썩 철썩 찰랑 찰랑 찰랑 찰락찰락
떴다! 봐라 인당수에 둥싯둥실 연꽃봉에서 뜬잠 든 청아,

하! 철딱서니 하는 짓 하곤

생전에 여보는 제 눈 노릇 발, 팔, 지팡이 노릇
입 안의 혀처럼 눈물 나게 잘 했지요

눈 뜨고, 자나깨나 보고 싶어 미칠 듯 눈두덩이 퉁퉁,
청이 어미 생각뿐, 임금 장인 대접도 제법 누렸으나,
지팡이 하나에 기대고 연꽃 바위 찾아 줄행랑이요
꿈 깨어야 만나리라 죽어도 여한이 없으니 인당수에 풍덩!

오랏줄에 묶여 심학규는 용왕 앞으로 끌려 나왔다
제발 밥반찬에 빨래도 하고 머슴 노릇 잘 모실 테니
예, 예 죽어서라도 옥진이 옆에서 사니 천복입니다

용왕: 네가 네 죄를 알렸다
채색 찬란한 비단 휘장 뒤 옥진 부인*이 어른대는데
옥진: 용왕님, 절대로 저 등신 같은 화상은 안 만나겠어요

옥진: 딸을 기다리다 개울물에 빠져 사단을 일으킨 죄요
부처님과 한 약조, 청이를 물고기한테 떠밀어 넣은 죄요

용왕: 찰떡같은 걱정 딸한테 떠넘긴, 의지가 약해빠진 죄라

뺑덕 어미한테 홀려 딸 목숨 판 돈을 탕진한 큰 죄라

옥진: 알면서도 모른 척 넘어간 유야무야 남의 탓하는 죄요
가짜 아기를 밴 척 뺑덕 어미 알량한 거짓말에
홀라당, 헤벌레 네 다리 늘어져 놀아난 허깨비지요

용왕: 어리석은 노욕에 쾌락에 사로잡힌 죄의 뿌리라
뭐니 뭐니 해도
제 귀한 목숨 받은 명대로 생을 지키지 못한 큰 죄라
여봐라, 저놈을 그물에 넣어 묶고 악어 연못에 던져라

용왕님, 저 몹쓸 위인이 제 서방이니 제발 한 번만…

예, 예 악어연못이라도 옥진이 사는 수궁이니 천복입니다.

* 옥진부인은 용궁에서 받은 이름.

지팡이 춤이 더 멋진 마지막 한량

거실 벽엔『춤의 문장원』* 포스터 한 장
…책상위엔 보지 않고 쌓아둔 신문, 핸드폰, 메모지
쥘부채, 돋보기안경, 낡은 지갑, 유리 펜 꽂이, 잉크병
희스무레한 손거울이 춤꾼 시간을 비추고 있었다

1990년, 섬뜩, 뇌경색이 선생님을 쓰러뜨렸다

…그해엔 누운 자리에서 눈짓, 손톱 끝, 발짓으로
허공에 춤 그림을 그렸지 맘 내키는 대로 마냥,
열일곱 살부터 허튼 짓 하며 익혀 온 못된 고질병
어깨의 힘살 손등의 심줄 목주름까지 꽤들 혼났지
늦잠을 깨우며 일으켜서 첫 걸음마를 다시 떼었어

손은 줄잡고 발뒤꿈치 힘껏 줄당기기, 지신밟기에서
탈판, 〈동래야유〉가 외길 춤꾼의 등불을 높이 밝혔다

…평생 허튼짓 놀며 살아야 한량 춤이 될 둥 말 둥

걷는 것이 아니라 휘저어 보는, 느릿느릿 노닐다가
몸짓이 가야금 선율에 파묻혀 들어가는 어깨춤 신명
허공에 저절로 손가락이 붓방아 방아를 찧는데
발뒤꿈치를 돌아 디디며 뒤틀듯 디뎌 발끝을 옮겼다

>
선생님은 일부러 박을 어긋 내는 손발 끝선도 아닌데
아무도 흉내 못 내는 엇박 춤이 장끼라고 하대요
(본래 제 박을 아차! 지나쳐 놓치면 삔다 하지)
'…조금은 앞지르다가 조금 뒤처지는 그 찰나를 잡채지
흥이 나면 안개 속을 헤매 듯 절로 노닐게 돼야',**

〈동래야유〉〈동래지신밟기〉〈동래학춤〉〈동래고무鼓舞〉
춤사위를 꿰뚫어 본뜬 듯 선생님의 도포자락이 서늘하다
45 킬로그램도 무거운, 핏방울 실핏줄 하나도 무거워
비칠비칠 거닐다 마지막 엇박 춤 그리는 곡선
옴싯옴싯 나는 듯 지팡이를 번쩍, 붓 그림 노닐다 간,

이슬주 한 잔은 그대 손에 흘러내린, 허공의 긴 얼룩
사운대는 수건 손끝을 따라 간밤에 밟은 내 짧은 꿈이니.

---

* 문장원(1917~2012) 부산 동래구 안락동 자연부락인 염창에서 문무일과 구남의 장남
  으로 태어남. 동래 땅에서 6백년을 살았던 남평 문씨 가문, 고려 말 목화를 가져 온 문
  익점의 26대 손. 〈동래 제일 보통 공립학교〉 졸업, 〈동래 학술 강습소 고등과〉를 다니
  며 고등학교 시험에 2번 낙방. 1930년대 일류관에 출입하면서 예기들의 구음에 맞추
  어 춤을 추기 시작, 동래 일성관에 출입하면서 〈동래음악 동우회〉를 설립, 일제강점기
  엔 동래의 풍습인 '줄당기기'를 주최. 1943년 김계단과 혼인, 1944년 10월부터 오사
  카 제련소에서 노역, 1945년 8월 13일 탈출. 공무원, 정미소, 제재소 운영, 여러가지
  직업을 전전하며 무대에서 명무를 춤. 동래 고유의 풍류와 흥을 복원함. 1974년 〈동래
  민속관〉 완공. 전무후무한 '한국 무용사'에 빛나는 공적을 남김. 2011년 95세의 나이
  로 마지막 춤을 추었다함.
** 문장원이 한 말

꿈나라, 학춤을 부르는 소리 口풀

생짜기생 유금선*은 끊어질 듯 오르막 소리로
하늘에 꽃너울 수놓아 나리릿 학춤이 날게 했다
'팔자에 정해진 길' 이라 입버릇처럼 말했다.

권번과 집, 꽃담장 사이 소리동냥으로 익혔다
세 끼, 부지깽이로 아궁이 불꽃 재를 두들기며
밥주걱으로 콩, 닥, 콩닥, 솥뚜껑에 장단을 넣었다
꽃담장 따라 열넷 나이 해어화 길에 들어섰다

'평양 기생 치마폭은 벗어나도 동래 기생 금선이
치마폭엔 마냥 묻히고 만다'**
소리길 따라 주름을 잡아도 목이 쉬는 법이 없었다

단가 토막소리 시조 육자배기 전통 춤 유행가까지,
소리가 물별 따라 반짝! 사랑 놀음이 눈독을 들였다
첫사랑 묘약은 첩살이, 남편은 죽음의 숨결을 남겼다

장구채 따닥, 딱, 딱, 노랑목 떨림이 있는 얄팍한 소리에
발발성 떨림이 있는 심한 소리 엇갈려 놀리면,
동래에 노닐던 학이 부리 끝 짝을 찾아 먹이를 쪼았다

>

탁, 외다리 디딤새는 먼 하늘 외길을 찾아 우러렀다
혀는 입천장에 댄 채 소리는 꽉 차올라 동그랗게 벌렸다.
춤꾼의 깃털 날개 도포자락 가볍게 목을 트는 몸짓
입술을 오므리며 한껏 하늬바람 소리를 끌어올렸다

'나는 돈이 없어 악기를 배운 적이 없다. 내가 징이다' ***
꽃놀이 단풍놀이 장구를 치자 덩 둥둥 당 딩 징 울림
러루르 라로리 대금 소리, 끊고 맺는 향피리 시늉
슬기덩 슬기둥 슬기등 슬기덩 가야금 시늉 소리

그날, 그때, 춤사위를 보채며 새로운 입소리를 장만하는 흥,
네루레니 느니나노흐나니 나느니나노니나노 노르니나
떨리는 음의 깃털을 털며 비상하는 학, 나리릿! 휘리릿!
발바닥을 차면 허공, 넓은 소매 자락 하늘이 햐아! 높다.

* 유금선柳錦仙 (1931~2014) 부산 동래구 명륜동에서 태어남. 조실부모 하여 8살에
외사촌 석국향 집에서 살았고 14살에 권번에 입적, 회초리 채로 매를 맞아 가며 창,
춤, 묵화 한자, 교양까지 배운 생짜 기생. 17살에 1등으로 졸업하기 전부터 요릿집에
나갔다. 19살에 첫사랑 송씨를 만나 살림을 차림. 사별 후, 다시 요정으로 나왔다. 장
구, 구음, 소리, 기타, 드럼, 유행가 춤에도 능했다. 1993년 부산시 무형문화재 제3호
(동래 학춤) 구음 보유자로 지정되어 후학에 힘썼다. 2009년 12월 8일 생애 처음으로
무대에서 공연을 했다.
과 * 은 유금선이 한 말을 인용.

때 되믄 기생미역 알아서 나오는 거제

 '시방이 새색씨 때여'* 음력 6월 초라야 만재도 돌미역은 물이 올라 검은 빛깔이 젤로 곱단다 물빛이 깊어질 때니, 물세미산 아래 바로 바위 틈새를 비집고 튼 생미역을 으뜸 맛으로 친다고,

 물살이 세서 싸게 때려서 얼음살이다. '딴디보다 물이 파당파당헌께 떡미역이 없어'** 줄기가 가늘게 쭉쭉 한창 때 자식들 팔종아리 살 오르듯 심줄이 옆으로 퍼렇게 갈라진 미역살, 물살의 힘이 딱 들어가 있어 기생미역이다.

 기생미역은 물살과 한 판 줄다리기 막 끝낸 참,
 새벽 물때는 잠질할 시간,

 잠녀 김부들, 몸을 챙기면 놀물은 멀리 가느스름 파도가 눈떠서 데려 간다. 망사리 그물로 된 그릇이 새댁 때부터 미역 담아온 밥함지 낮은 밥주걱 노릇, 시멘트 바닥을 썩썩 긁으며 낫을 간다. 섬의 시간을 몇 십년 뭉툭하니 갉았다. 자식들 뱃고랑 빚값 채우며 가파른 서른 살 벼랑 바위를 뒹구르며 쉰 살 너덜겅을 훌쩍 건넜다.

 노을 놀 물때마다 쓸려 낯바닥은 검게 빛나는 미역 색, 손발은

검푸른 미역줄기 아직도 미끈, 앞 바위 지나 벼랑에 오른다. 갯바위에서 노는 손주들 손 붙들듯, 미역살 붙잡고 낫으로 베어 망사리에 담아야, 내 미역살이다. 내 밥, 내 손, 내 발이 복전福田 파도에 휩슬려 고꾸라지며 버둥거려야, 복돌을 뱃전 삼아야 바다 물살이 두근거린다. 물너울이 살아서 바다 살을 보약으로 받아 파당파당 베어나간다.

*. ** 만재도에 사시는 일흔 살 넘으신 잠녀 할머니 말씀.

꿈아, 무정한 꿈아

젖은 베 행주 (외할머니 눈물로 젖은 마음골짜기 같은), 마른 면 행주 (외할머니 바짝 마른 하얀 젖가슴 같은), 빨락 종이, 가위. 반질한 맏물고추를 도마에 놓고 위 아래로 알맞게 잘라낸다. 원기둥꼴이 된 붉은 고추의 안팎 칼자국이 다른, 뱃속까지 잘 익은 노란 꿈씨를 털어낸다.

독립운동 힘 보태는 남편한테 노잣돈 넉넉히 챙겨 보내지 못했던 일에 늘 싸아한 가슴, 고추 살을 겹쳐 놓은 채 칼로 가느다랗게 채를 썬다 매운 냄새가 코끝까지 아리다. 바람처럼 언제 문을 두드릴지 모를 남편의 입맛을 위해, 좋아했던 준치 민어 생선조림, 물쑥나물, 말린 가지나물, 그 위에 몇 올 올려놓았던 동글동글한 실고추들, 손끝들.

(꿈아, 꿈아, 무정한 꿈아, 오시는 님을 보내는 꿈아, 잠이 든 나를 깨워나 주지)
뼈 저릿저릿 치운 세월도 은발에 하얗게 삭은, 할머니의 간절한 가위질은 그리움 달래는 싹둑 소리, 실고추 갈무리 해 둔 금빛 같은 시간들이 마련한 속 소리도 들린다.

올해가 광복 70돐. (바이올린을 잘 켰던) 외할아버지 이름은

잊혀진 꿈 속 사진 두어 장뿐, 블라디보스토크에서 온 빠른 흘림체 마지막 편지 한 통뿐, 행방불명 된 흔적들.

문구점에서 내가 사 온 빨락 종이는 꼬깃꼬깃한 백년의 시간을 알뜰살뜰 비쳐준다, 한결 맵게 채쳐 갈무리 할 것들, 상스럽다. 희나리 지스러기는 제쳐 버리고, 맛깔스럽게 마음에 간직해 둘 저 멋, 제 둘레를 동글동글 붉게 물들일 예스러운 차림, 실고추.

꽃얼음은 녹아도 어여뻐라

백자기 찻잔에 꽃얼음 차, 볼우물을 띄워 드릴까요
연일 38도 39도를 웃도는 열탕도가니 더위

얼음 틀 각각 작은 방에 물을 반쯤 넣어 둔다
말린 매화꽃 패랭이꽃잎 바랜 천일홍꽃을 띄운다
냉동실에 넣어 생생히, 꽃잎을 살려서 얼리기

두어 시간쯤 에어컨 바람이 서늘한 사이, 보인다
문득, 6.25후 계림극장 건너 길모퉁이 남의 상점 앞에서
서른 중반의 어머니가 파시던 냉차, 찜통 차일 아래
오렌지 빛 물, 원통형 유리병 벽에서, 얼음 덩어리
복숭아, 자두, 참외, 수박조각이 미끄럼질하던 물방울

어머니가 흘린 땀방울 눈물방울이 안개 빛으로 부옇다
상점 주인에겐 눈치 보여도 냉차가 시원스레 잘 나가
(어디든 내 새끼, 색색꿈길을 맘껏 달려 보아라)
한 밑천 모아 동대문 시장에서 색색 양말을 팔았다

꽃얼음 틀을 식탁 위에 놓고, 끓여서 식힌 물을 붓는다
봉선화 천일홍 꽃잎에서 붉은 빛 물이 온통 번진다

불볕더위에 냉차 두어 잔 드시고 번 돈으로
인사동 미치엘까지 가서 맞추어 주셨던 내 오버 코트

친정집 살림, 철철이 이종 사촌 동생들 학비 용돈에
자기 어머니 금비녀, 배자 털조끼까지 챙겼다
청계천 복개 공사로 장만 했던 중부시장 점포 2개
장사는 내리막길 헐값으로 팔아치운 마지막 자존심

꽃무늬 벽지 바른 아담한 집 한 칸 없이 냉골 자리였다
색색 꽃얼음 녹으니 물살이 한결 어여쁜 차, 어머니 향,
살얼음 잡힌 눈까지 시리지요! 어룽져 참 고운 별꽃들.

침향무針香舞

미어졌다. 솔기가, 초겨울용 아까운 이불인데 아사면 같은 촉감, 뜯어진 새하얀 솜살이 보였다. 감침질로 꿰매었다 드러난 주름살 실밥 매듭이 흉하다. 옳다, 몇 번 쓴 연한 연두 빛 수놓은 손수건을 자르니 두 도막, 반씩 길게 이어 붙였다. 이불에 동정잇으로 덧대 입혀야지.

어머니의 손 매듭이 미어진 살갗, 툭툭 불거진 손가락 관절을 감싸며 동정잇을 반박음질로 꿰매 나갔다. 겹실이 자꾸 꼬여 실뜸이 고르지 못했다. 두 살짜리 아기를 업고 만주 땅으로 남편 따라 걸어가신 길, 반박음질 길이 오르막내리막 쪽 고르지 못했다.

낯선 땅, 중국말을 배우며 아래채 문간 토방 집에서 살았던 2년, 안집 까만 지붕 위에 널렸던 호두알, 혜화동 정월대보름날 도망가는 친정집 도깨비 귀신들. 어머니가 만들어 주었던 내 까만 헝겊신, 모란꽃 수놓던 진분홍 연분홍 땀땀이 흐릿한 길.

다시 북경 살이 2년, 광복 후 남편과 사별하기까지 친정살이 3년, 어머니의 나그네살이는 일흔 살까지 이어졌다.

늘그막 외고집, 흰옷을 삶아 빨아, 푸지며 호청을 시치며 내

정년퇴임까지 꼬박 해주셨던 뒷바라지, 갚을 길 없는 내 빚. 얼음바늘 끝 찌르며 지나간 구멍마다 맺힌 눈물이 흐릿하다. 이불 동정잇을 꿰매고 보니 꼬박 두어 시간. 아깝다. 물어 보지도 못한 말, 발바닥에 흙 닿을 새 없이, 눈물겨운 끈적한 이야기들. 땀 땀이 어머니가 바라던 소녀 적 눈먼 꿈은 무엇이었을까?

어머님 돌아가셨던 해, 새로 사 드린 고운 무늬 면 이불, 해마다 빨아 덮은 지 7년. 살 냄새 쉰 냄새도 다 사라진, 이불의 두께는 나날이 빚만 무겁다. 점, 점, 점, 찍으면 빚! 도톰히 쌓이는, 그 빚, 올겨울은 한결 따뜻하겠지.

3부

빛, 아늑한 그 자리

요선암邀仙巖*에서

바위에 흘려 쓴 글씨는 보이지 않았다

온몸,
바위 살마다 너럭바위 눈이 보였다
돌개바람 주름살에 파인 눈,
진초록빛 물에 제 눈동자를 맡긴 채
흙과 모래, 진물을 깎아내려야 했다

바위 속에 새 뿌리를 내리면
생각이 반듯한,
제 몸을 샅샅이 드러낼 수 있을까

터질 듯, 벅차오르는 희열,
돌개구멍 속 항아리 비취빛 눈에
몇 백만 년 모양과 색깔이,
흐름이, 스스로 찰나에 바뀐,
눈,

까마득 신선이 노닐다 사라진 발자국,
얼크러진 바람과 물의 숨결이 있었다.

* 영월군 수주면 무릉리 돌개구멍이 많은 반석. 천연기념물로 지정됨. 邀仙은 신선을 맞
  이한다는 뜻으로 양사언이 바위에 새겼다 함.

섬백리향꽃 사랑

풋풋함에 흙이 밀어 올리는 눈

연두 빛 싹, 가여운 숨소리를 듣는 귀

갈래꽃 봄 햇살에 입 맞추는 입술

저 까마아득한 절벽 섬나라에서 온 바람

푸른 심줄에 빛나는 향,

연보라 빛에 새벽이슬을 내려 놓으리

네 회심回心을 수놓아 주리.

누름돌편지

용문사 계곡 은행나무 지나며
여울물에서 건네받은 황토 빛 돌 하나

가만히 누름돌 들여다보니
나룻배 안의 삿갓 쓴 젊은이는
몇 십년째 덧없이
뱃전에 기댄 채 졸고 있다

할 말 아득해
말없이 돌편지에 담아 전해 주었나

여울에 비친 달빛을 밟으며
징검다리 발자국 누름돌 디디며
두어 시간 말도 없이 돌아가던 길

손바닥만한 돌을 살몃 뒤집어 본다
손자죽 검은 끄름에 희미한 마음心자

만날 날 없어 끝끝내 하지 못한 말
빈 마음 속 주머니에

두 손을 깊숙이 찌른 채

깊은 잠 돌 속의 젊은이는 아득해
표정이 없다 잠잠히,
유리창 안을 들여다보던
그믐반달이 덧없어 한입에 돌을 삼킨다.

빛나는 먼지가 색을 입히다

책장 선반 한 쪽, 옥바리는 얌전히 자리를 잡았다
봉긋한 젖가슴 앙증맞은 배, 궁둥이에도
지울 수 없는 검버섯이 번져 돋았다
거무튀튀한 먼지가 제 때를 입혀 놓았다

흔들림 없이 젖꼭지는 그 옛날의 긍지를
꼿꼿이 지키고 있다
몇 십년을 팽팽히 주름을 잡아당기고 있다

도망가지 마라 매질, 궁그름질 담금질,
사라지지마라 가질칼질, 마무리질
뚜껑을 덮고 한 시절 마음을 가두어둔다

돌잡이용 옥바리, 뚜껑 꼭지를 잡고 젖혀 본다
언제 밤 넣은 쌀밥 담아서 손녀에게 먹여 볼까
장작불 땐 아랫목 방석에 이불 덮어 앉혀 볼까

젖꼭지를 잡고 다시 몸 안을 찬찬히 본다
놋그릇 본래의 제 색을 지키려
안간힘을 감추고 있는 음전함에 윤이 난다

\>

말로도 침묵으로도 그 빛나는 품새를
손에 잡을 수 없어 다시 제자리에 앉혀본다.

황수지黃水枝꽃 헐떡이풀

울릉도 안개구름 자오록한 옛 원시림 속으로
나리분지에서 성인봉으로 구비 틀며 가는 길
헐떡거리며 온몸 땀범벅이 되어 올랐다
초록 수풀 싱그러운 군락지엔 풀향이 가득한

이름조차 헐떡이며 여기에만 사는 띠 모양 꽃
꽃대와 꽃꼭지에도 샘털이 덮여 부끄러운 꽃
갓 서른 넘으며 갓 마흔 넘으며 갓 쉰 넘어도
실낱같은 삶에 속고 속으면서 달려온 헐떡이풀

달랑달랑 흔들면 수굿이 종소리 귀에 대고
울려 줄 듯, 병 시름은 그만 내려놓지 달랑달랑

뿌리와 심원형心圓形 잎새까지 꽃까지 통 털어
고질병 천식엔 말려서 먹기, 달여서 먹기,
목청이 트여 좋아라 술에 푹 담가 먹기
염증이나 알레르기도 막아주는 생 약제 야생화라

숨도 고르게 가라앉히는 풀꽃을 이제야 알았는데
오래전 가래 끓는 기침으로 꼬박 날밤 새우던 그이

고요로운 종소리로 모처럼 평안히 잠을 재우리

이젠 너무 연연해하지도 슬퍼하지도 말자
황사 미세먼지 바람이나 거센 손아귀에서도
시퍼렇게 살아나 희귀종이 되었다는 풀이야기에
헐떡이풀 꽃들이 한결 쌩쌩 숨을 고르고 있다.

마지막엔 콧물

어젯밤 꿈속에선 코들이 사는 책 나라로 갔다
귀여운 코, 시원한 코, 뭉툭한 코들이 코를 부비는
얼굴보다 코가 더 큰 이상한 나라의 어린이들

차 향기는 뭐니뭐니 해도 화살코가 제일 잘 가늠하지
중국 깨인지 신토불이 깨인지는 칼코가 으뜸
벌꿀과 꽃꿀 구별은 요로코롬 명코가 짱! 내 몫이지

암, 넌 다시 태어난다면 못 생겼어도 복코로 살아야지
마음 제일 가난한 사람 살 냄새만 스쳐도 번뜻 분별,
콧등이 죽 벋어내려 평안한 금강바위쯤은 되어야지

여기는 詩集나라, 이상한 꿈마당의 말모이 본향 그,
젖꼭지 냄새까지도 척척 맞추는 코코나라 詩人夢遊國,

나는 버선코? 아니, 아니, 구여운 반버선코로 태어나서
수수부꾸미 찰지게 쪼로록 만들고선, 시인들 어머님한테
속 소는 팥 앙금인가요, 황밤인가요 대추인가요!
마음 코로만 들숨 날숨 그대로 발랑발랑 큼큼 큼
알아맞히시라, 나이 든 내가 어리광도 한참 펼 테지

\>

귀한 詩人, 시인是認하시느라 별별 짠 눈물 다 보셨을까
동시집 보는 꼬마 손주들 발름발름 딸기코가 있다면
찹쌀부꾸미 쥐암 손에 쥐어 주고 콧물 나오나 볼 텐데
콧방울부터 냄새 맡는 생긋뱅긋 코들만 사는 귀한 나라.

너의 손을 위한 환타지아
─ 오지항아리의 물꽃, 숨꽃, 불꽃

부드러운 입술 봉숭아꽃 꽃잎을 짓찧듯
바이올린의 활줄이 A선을 문질렀다

손가락이 여리게 E선 반올림 음을 누르면
뱃살과 꿀벅지 안을 지긋이 달구었다

젖꼭지에 간절한 바램을 졸이며
조개껍질 속 후벼 겹겹 살이 떨렸다
피치카토! 피치카토! 불꽃을 치달려
끓으며 꿈결처럼 활줄을 그었다

배꼽 나이테며 손금에 땀이 고였다
늘어진 솜털 옆 긴 주름이 깊게 남았다

힘찬 그의 숨결도 잠잠히 사위어 갔다
손가락 끝에서 사라진 침묵의 손길도
시간을 덮고 찬찬히 사랑의 기억까지
활줄에 G선 내림음을 느리게 묻었다

>

손끝에 오래 묵혀서 향기로운 몸

온 숨결로 새 생명을 배태한,

오지항아리 겹겹 주름살이 꽃술로 핀,

여수旅愁*

그 섬에서 뱃길 끊어지면 둘이서
핑계 삼아 밤을 지새우기로 했다
밤이면 더 숨을 쉴 수 없다는 그이의
고백 끝 긴 침묵 뒤,

과자로 만든 동화 속 같은 동백꽃 섬
숨겨 둔 연인 그이와 모래톱을 걷다
기암괴석 솔숲을 빙 둘러 가다가
어느새 제자리에 선 바닷가 방파제

노을 진 밀물 때 하늘 멀리서
예고도 없이 먹구름 깔려 밀고와
불안은 폭풍처럼 몰아치는데
등대의 불빛은 내 온몸을 샅샅이 훑었다
지금은 이름조차 잊어버린 옛 친구
긴 그림자 먹빛 바닷물로 흔들렸던,

물보라였다 '여수旅愁' 옛 영화에 번지던 빗물
존 폰테인 피아니스트의 애잔한 사랑

\>

조셉 코튼과 존 폰테인의 진심 어린 별리
제2악장의 연주 잔잔한 물너울이
사라진 바닷가의 밀회, 은은한 그 매혹은
라프마니노프 피아노 협주곡 2번의 여음

행방 지워져 끝내 볼 길 없는, 모래톱뿐
바다 깊숙이 잠긴 작약도** 그 섬이 있었다.

* 여수旅愁 윌리엄 디텔레가 감독한 미국영화. 원제는 September Affair. 1965년 서울
  에서 재개봉된 영화. 영화의 주제음악이 라프마니노프의 피아노 협주곡 제2번 2악장
  이었음.
** 인천에 있던 아담한 섬. 바다 속에 잠겨 사라진 섬.

백간白簡*

얇은 타이프라이터 하얀 종이에 만년필로 씌어진
긴 긴 예닐곱 장의 짝사랑 편지
논산 훈련소에서 신병(노병) 훈련을 꼬박 받으며
짬짬이 달필로 휘감아 써 보낸 그의 속, 속말

토스토에프스키의『죽음의 집의 기록』단평
호로비츠의 알 수 없는, 7년간의 숲속 은둔생활
연주 여행 때 마다 꼭 전속 요리사와 동승
자기 피아노를 비행기로 공수했다는, 전설 같은
덧붙여 슬픈 독백을 내리내리 쓴,
내 근무지는 어찌?… 연이어 온 9통의 편지글…

단 한 줄의 답신을 보내지 않았다
다시 우표 10장에 괴로운 덤까지 부쳐
21살의 초임 학교로 배달되었던 까맣게 지워진 말,

나는 한 글자도 쓰지 않은 채
하얀 한지 한 장을 네 귀가 맞게 접어 보냈다
마지막으로 보내온 편지 1통
맑은 명경明鏡 하나 순수, 그의 얼굴

>
—삼년 뒤, 허름한 여관방에서 베토벤 환희 교향곡
3악장만 밤새워 듣다가 음독자살을 했다는 소식
(도원桃園 음악 찻집에서 몇 번 스치기만 했는데)
트로이메라이 애절한 그의 꿈은 무엇이었을까?

오늘 밤 문득
심경心經같은 첫 마음을 담아 보낸 눈밭 저,

* 백간白簡 : 아무 것도 쓰지 않은 하얀 종이로 넣은 편지.

흙이 낳은 알

길쭘한 놈, 둥글고 통통한 놈, 몸통이 둥글며 긴 놈
같은 흙속에서 자랐는데 생김새가 오롱이조롱이다
토란은 추석이 느지막하게 10월에 든 달에야
실한 알 맛이 흙살을 받아 뭉근히 살쪄서 나온다

노화방지 피로회복 스트레스 해소에 좋다는 토란
면역력 어깨 결림은 물론 위궤양 암에도 좋단다
바타민 B1 B2, 위 점막을 보호하는 뮤신도 있다지
먼 열대 아시아 고향이 그리워 검은 흙에서 사나?

손가락에 식초를 발라 가려움증을 미리 막고
벗긴 토란 알의 눈을 매끈히 다듬는다 자잘한 혹까지,
끓는 쌀뜨물에 소금을 조금 넣고 토란을 삶는다
설컹거리지 않게 푹 삶아도 살맛이 없지, 고수는
살 빛깔을 잘 보다가 단박에 소쿠리에 건져놓는다

반나절 양지머리 덩어리를 푹 고아 놓은 국물에
두부를 살짝 지져 바둑판처럼 썰어 넣고
끓는 물 속 데쳐놓은 다시마로 단맛을 살려서
토란을 넣고 집 간장 간 맞추어 한소끔 우려낸 후

약불에 후추 파 마늘 다진 양념으로 탕 맛을 마무리

토란 탕을 먹지 않으면 추석을 못 쉰 셈이라는
옛말도 있는데 한가위 때마다 먹었던 토란국
저처럼 좋은 천기누설 보약인 것을, 옛 조상님들
뭉근히 우려져 나온 지혜는 살아갈수록 못 따라잡는데

아들딸 온 식구가 다 좋아하는 토란 탕 진한 맛을
손녀딸은 안 먹는다 입 다문 채 고개를 살래살래
흙이 낳은 알이야 속이 하얀 달걀, 맛 좀 보아야지
토란을 잘 먹어야 생각이 포슬포슬 슬기롭단다.

천상운집 天祥雲集

큰 접시에 부추, 붉은 냉이, 숙주는 날것으로,
썰어놓은 제주산 무채, 달래도 새뜻한, 식탁
볶은 서리 콩 한 줌, 앞 접시엔 마늘소스
곁 들이 여린 봄 햇살도 살짝 자리를 잡는다

"입춘 음식으론 매운 오신채五辛菜가 좋다네요
몸에 봄 마중 예의를 공손히 바치고 싶은데요"
"요즘엔 매운 달래향도 구하기가 쉽지 않지?"
간절한 내 기다림에 오방색 겨우 갖추어, 모자란
믿음 살아갈 지혜도 살뜰히 갖추리라 곱씹는다

약식 한 조각 구운 고구마 두 조각 우유 반 잔,
사과 단감 바나나 반쪽씩, 정스레 나눈 사랑,
삶은 달걀 1개씩 담아 놓은 접시, 아침 식사

보리뿌리 점이나, 속옷 태우는 액땜도 다 버린
오늘이란 나날, 올바른 끈기 꿋꿋하게 채우리라
나쁜 일은 혹여 맞을까 하는 불안한 예감도
들어올 삼재三災나 눌 묵은 삼재는 썩 물렀거라

>

　천상운집天祥雲集　건양다경建陽多慶, 흘림체

　(하늘의 기운으로 좋은 일들이 구름처럼 모여라)

　먹물 진한 화선지의 붓글씨를 현관문에 붙인다.

빛, 아늑한 그 자리

'너희는 옷이 아니라 너의 마음을 찢어라'

아침, 옅은 잠에서 눈 뜨자마자
엎드려 간절히 두 손은 모았다 단 몇 분,

나를 낮추어 따뜻한 말로 먼 벗한테 다가가기
TV를 보며 남의 험담을 하지 않기
먼저 내 눈의 들보를 살펴 헤아려 보기

신문을 보며, 태풍에 떨어진 낙과를 보며,
오늘의 복음 한 구절이라도 내 안에 머물게
그분의 자리를 고이고이 마련해 두기

점심, 공기에 밥, 반찬 서너 가지를 놓은 뒤
감사한 마음을 가다듬고 앉아, 생명의
십자가를 보며 성심을 다해 말씀을 드리기

핑계와 태만, 거추장스런 옷 몇 벌은 찢어 버렸다
내 마음을 찢어 그 순간의 눈물을 거두었다
보나벤뚜라* 아멘

'오늘은 꼭 좋은 일이 있을 거야' 아멘

아늑한 자리를 내 안에 어여삐 모셔 두었다.

* 보나벤뚜라 성인이 어렸을 때 몸이 약했는데, 어머님이 아기를 안고 길에 서 있었을
  때, 프란치스코 성인이 길을 지나가다가 아기의 머리를 쓰다듬으며 그 말을 해 주었다
  함. 그 뒤로 아기는 튼실해졌다 함.

소금단지엔 가을 하늘빛을 모두어
─ 통도사 대웅전을 보며

비온 뒤 빗방울 씻은 듯 부신 듯이
부처님 설산 면벽 때 온몸에 흘린 땀방울
조롱조롱 가부좌를 틀었다

불길을 다스려 액땜을 한다는, 통도사
지붕 끝자락 쬐끄만 백자 소금단지
조로롱 첫눈에 사로잡는 황홀한 땀방울들

바닷물도 밤낮 한 오십년은 졸아야
진짜 차돌 반짝이는 알갱이지
어두운 내 눈은 단지에 떨어져 몇 십년,
꽉 움켜 쥔 내 손은
님의 발곱 때도 더듬지 못하는 손,

남의 뒷말을 하는, 시샘, 미움, 열망까지
어리석은 푼수의 눈꺼풀을 벗기고
차디찬 단지에 씨앗 마음을 떨구면
입 벌린 불길을 욕심껏 재로 날리는가

진짜 님의 구슬사리 엎드려 모시려면

금강계단 오르려는 허공에 진땀만

허전해, 단지에 通度 바다를 채울 수밖에.

고즈넉한 빛이 사는 집
― 옥련암 연못에서

웃음이 태어난 바탕 얼굴
애초, 거울로 태어나셨는지요

장대한 영취산은
거울 속 깊이 묻으셨나요

연못엔 연잎, 잎, 짙은 그림자
진흙 뿌리 속, 담금질 해 벋어 나온
천년에 천년 그림자가 얼비치고

연잎 이슬방울 속에 오롯이
마하가섭의 눈은 영롱히 비추고
가사를 접어 부처님께 놓던 손
연꽃 가지를 들어 받잡는 염화미소

오! 복된 진흙 밭 번뇌는
생생히 살아가는 지극한 달빛이라

웃음이 번지는 품 고즈넉한
한 송이 연꽃잎 그 마음 이 마음

허공을 비추는 찬란한 빛 둘레
향기는 여기 큰 빛이 사는 집이어라

마음마다 피어나는 세월의 빛무늬
애초 웃음연못이 태어난 달빛 바탕에
옥련 백련 구름안개가 자오록한데
영축산 그림자는 不二門 연꽃 한 송이라.

동도 서도 정답게 울타리 꿋꿋한 돌섬이라

붉은가슴울새는 목을 한껏 움츠렸다
고깔모자 섬 서도 낭떠러지 끝 물골 가는 길
깃털을 접은 채 날지 않는다
물총새 곁 바다 비오리도 부리를 꽉 물었다

독도 지킴이 김성도 할아버지가 이승 끝
마지막 시름에 어렵사리 숨을 놓아버린 날
도깨비쇠고비도 댕댕이덩굴 술패랭이꽃도
바람결 단단히 붙잡고 (울지마라 걱정 붙들어 매라)
너울성 파도를 산호초 깊이 가라앉혔다

—요즘 방어가 많이 난다 몇 마리만 잡자
—밥 한 그릇 뜨고 가라
이장님, 할머니 따수운 소리 들리는 듯
심심하면 방어 잡으러 멀리서 온 일본배도
청줄돔 망상어 고래상어 침 삼키며 온 중국배도
얼씬 못하고 탕건섬 멀찌감치 돌아나가던
이사부 안용복 아들의 아들 그 손자 여린 풀꽃들
물총새 물고기들까지 '독도는 우리 땅이다'
손아귀 심줄에 밥심 뱃심 땅심 꿋꿋이 이어 받았다

>

갓 태어난 아기까지도, 독도는 대한민국이 끌어안는다
89개의 엄지발가락 발톱섬 아들 손자며느리에게
섬기린초 해국 땅채송화 둘러앉아 꽃줄기마다
맺힌 눈물 아니리로 엮어서 꽃관을 씌워드리자
낚싯줄 엮어 자리돔 호박돔 용치놀래기 어부들
끌려간 용트림 마음, 발림이나 씻김굿으로 풀어드리자

이사부길 안용복길 가파르게 이장님 발길 따라가 보면
바위섬마다 괭이갈매기 붉은가슴울새 새끼까지
태평양 저 멀리 소리소리 외오쳐 부르는 간절한 피맺힘
형제바위 촛대바위 돌섬마다 촛불을 드높이 밝혀라
그냥 두어라 애초에 누가 이 돌섬을 지켰는지
맨 처음 누가 바다 길 열어 시퍼렇게 노를 저어갔는지.

4부

찻물의 숨결, 찻잔의 바람결

살구빛 사랑차

새소리도 숨결에 담아 드리리
연두색 '나뭇잎 배' 노래도 귀에 모아서

엄마의 땅 고령, 노을빛 한 자락 말아
살구꽃 구름 솜털마다 색을 입히리
내 귀에 모여드는 씨앗들, 어린 노래말
두루두루 입혀 드리리

살구꽃 꽃잎 화인火印빛, 고령 땅
오동잎 바람을 젓는 가야금 소리
은은한 정, 우륵의
담뿍 물든 물 그윽이 우려 드리리

애끈한 향, 한 잔
푸른 새소리도 뱃쫑빗쫑 한 움큼 저어
낙낙하게 다스한 찻물 따라 드리리.

찻물의 숨결, 찻잔의 바람결
— 매화꽃과 푸른산제비나비 민화 찻잔을 보며

꽃은 몸을 바꾸어 나비가 되고 싶었지요

찻물을 고스란히 그이 찻잔에 따르면
매화 꽃잎에 나비비늘날갯짓 비비는 솔바람 결

꽃술로 더듬이로 꽃몸에
판박이로 푸른 점무늬가 방울방울 번졌어요
우려낸 몸물을 찻잔 그윽이 다시 부으면
나비는 꽃술의 떨림을 켜켜이 숨에 담았지요

너의 속눈썹 너의 솔 푸른 입내
비늘무늬에 연분홍 꽃향을 받아 물들였어요
너의 혼 너의 얼을 불꽃에 입혀 새겨 보는,

찻물의 숨, 찻잔의 바람결 물꽃에 비춰 보는,
내 안에 날개를 활짝 펴는
천년 적막 화엄 속 푸른산제비나비.

대장간 불무늬 막사발
— 막사발 도자기를 보며

갈색 점무늬 사이로 짙은 노을빛이 새어 나온다

닷새마다 장날, 竹山 대장간, 불화덕에 불을 지폈다
점, 점, 불티꽃 쇳내가 사방으로 튀었다
막내 아저씨는 힘껏 풀무 손잡이를 댕겼다

부러진 호미 낫 쇠스랑이 시뻘건 숯불 속에서
시우쇠도 훅훅 빨간 쇠로 녹아 처억, 척 늘어졌다
할아버지는 낫을 쇠 집게로 빼어내, 모루에 놓고
메질로 요리조리 뒤집으며 흠씬 두들겼다
구리 빛 얼굴 질끈 동여맨 흰 머리띠,
벌건 힘줄이 선 팔뚝, 번쩍 든 손아귀엔 망치,
뱀 껍질 같은 등허리 어깨에 솟은 뼈가 번들거렸다

고의 접은 바짓단 다리엔 진흙이 줄줄이 묻어있었다
소의 편자, 말굽 징에 박을 빨간 콩못대들,
땀범벅이 된 모루 위 칼날 끝에서 끊어져 나왔다
담금질로 여물통 안엔 뜨거운 물김이 끓었다

불무늬 막사발에 막걸리를 가득 따라 놓는다

주욱 할아버지 목젖을 타고 넘는 줄무늬 무늬들
저물녘, 땀방울 불티 미끄럼질에 점점 신바람 난,
혜진아, 너도 노을빛 반 자락 주욱 받아 마시렴.

얼음새꽃* 향사랑

불꽃 한 뿌리를 고이 벋어 간직했다
중심 줄기를 곧추 세울 즈음
포근한 눈雹, 눈
눈물부터 빈 가지에 눈석임 스러진다

불숨이 얼음눈을 후끈! 밀어 올리자
푸르른 새잎 촉촉이 눈을 떴다

불꽃무늬가 숨결을 헤치자
눈새기꽃이라 할까 환희! 반짝,
한 겨울 여린 햇살 홈빡 받은 금빛
겹꽃잎 생생히 어긋버긋 눈맞춤

눈부신 꽃잎 깃털을 묻어 둔, 새해
첫사랑 꽃 복풀 향내가 은은한 얼음새꽃
한 생각이 맑아지는 고요로운 미소.

* 얼음새꽃, 눈새기꽃은 복수초를 다르게 부르는 꽃 이름.

귀에 밟힌다

숲길을 내려오며 정조 이산은 발걸음이 무겁다

어린 이산의 애끓는 울음소리가
귀에 밟힌다, 오늘 또 융릉* 무덤의 풀들
가녀린 어깨가 바로 어제련듯, 한껏 떨린다

어머니 염려하는 이산의 한숨이 하늘 끝 닿을 듯
청청 참나무 병풍에 내리내리 두른 채
나뭇잎은 창창히 푸르고, 짝을 찾는 새 소리
저녁놀 비낀 향나무 잎잎 사이로 한결 은밀하다

저 허공이 극진해, 잿빛 마음결 멀리 환하다

이산의 발자취
향로 앞 박석薄石**을 깐 마당을 거닐며
못 다한 어버이 그늘을 목, 몫마다 껴안아,
어렵사리, 잠잠히 섭섭하지만
손바닥에 적고 귀에 밟아 발걸음이 가쁜하다.

* 융릉은 사도세자의 릉, 건릉은 정조대왕의 릉.
** 두께가 얇고 넓적한 돌.

느림, 부겐베리아 꽃에게

한 꽃송이 꽃대에 깜짝 않고
두어 달째,
절정의 순간을 꽉 붙잡고 있다

너의 진분홍 날개받침
품에서 꽃잠 들기

마지막 목숨 줄
유록색 여린 잎새 둘 곱게 받아,
느리게 느리게 곰삭히기

간절한 말뜻 엎드려,
두 손 내려 공손히 받아 모시기

너의 꽃말 영원한 그 사랑을
두루마리 시간에 펼쳐 놓고,

白簡* 설화지 눈빛에
달빛 무늬로 내림 글씨
금촉꽃술로 무위無爲

無爲라 흘려쓰기

꽉 찬 달빛, 단물 익은
마음 꽃숨에,
속속들이 겹쳐 돌아드는 황홀!

* 아무 것도 쓰지 않은 하얀 종이로 넣은 편지.

그러려니,란 말의 향기

꽃비늘 봉오리에 사랑해서 그러려니 했던 말
칼금 자국으로 비스듬 새겨져 있다

깊게 남은 말, 그 말, 오늘은
자줏빛 네 눈을 뜨겁게 달구어 준다

잎바다마다 살점마다 네가 사랑했던
그러려니,란 말, 애리게 쓰리게
밀어내 보아라 꽃보라색 슬픈 기억 틈새로

불꽃송이마다 햇살을 댕겨
연한 꽃보라색으로 향을 입힌다

다시 한 봉오리 새말을 어렵사리 마련한다
사랑이란 숨결에 첫기쁨이란 꽃말을 덧입힌다
살 냄새 태우며 해종일 짙은 향 내음 뿜는다

히야신스 봄의 전령사 꽃 둘레를 감싸던 기쁨
짙푸른 창날 꼿꼿하게 제치고 꽃방들 방방이
여민 하늘 젖히며 쪽창문을 지긋이 열어둔다

오묘한 날갯짓 위해 지은 슬픈 집 한 채.

그런 듯, 그런 뜻

세미원에 故박승미 시인과 나까지 다섯, 초가을에 연잎을 보러 갔다 연꽃이 짬짜미로 진 자리, 아, 꽃대에 늦깎이 꽃! 연잎 사이엔 마지막 출가한 시인의 맨머리를 보란 듯이, 땀만 보태 받고 왔다.

시집 속에서 한 송이 어여쁘게 핀 시를 보다가,

시의 축제 낭송을 듣다가 멋스런 모자를 보다가 빈대떡을 맛보다가 짬짬이 박승미 시인이 번뜻! 스침. 은밀히 '응' 아니면 '음…' 했던 목소리. 우아하게 스카프를 두르고 새로 산 수제 형겊 가방을 들어 보이던 손, '어쩜! 홍시 詩가 이렇게나 달지요?' '나, 천재인가 봐' 전철 안에서 홍시 시 1편을 벼락 치듯 내리 썼다며, 막상 부끄러워 모시 적삼 앞섶으로 눈을 가리던, 천생 유치원 어린이 같던 새침한 모습.

짬짬이 그녀의 방시레 웃던, 콧노래를 부르던, 얼굴이 나중엔 서리 맞은 고랭지 배춧잎처럼 왜 그리 슬펐는지. 그해 겨울 어느 한날, 몹쓸 병 선고 받고 두 달 후, 느닷없이 가 버린 뒤, 짬짬이 모시 빛 바람결에 묻혀 들리는 그녀의 청아한 시 낭송 소리. 끊어질 듯 이어질 듯.

산수유 마을 꽃말은 영원

그대가 찾아 주기를 오랜 동안
애타게 목말라 기다렸다
산수유 고전나무 가지들 휘어져
겹겹이 겹쳐서 안개마을 이룬 곳

평생 만났던, 이젠 흐릿해진 이름들
먼지에 손 더께, 몸에 새긴
얼룩들, 고까움 여린 햇살에 씻어내며
꽃잎은 연노랑 빛으로 설레인다

맘먹고 찾아온 그대, 축제의 휘장도
반갑다 꽃잎을 휘리릭 넘기면
그대를 기다린 시간이 남실남실 물결 쳐
밑줄 그은 꽃받침도 마음을 쉬는 곳

산수유 화사한 꽃향에 취해
줄기나 가지에서 체온을 전해 받으면
머리에 가슴에 치마 폭 가득
꽃비가 내리내리 흘러넘치는 이곳

\>

다만 그대를 잠속에 품으려 우러러보는데
설레어 첫 입맞춤을 받은 곳
산수유 몽우리 단 열매를 맺으려
시간이 머물러 오롯이 피어나 황홀한 곳.

하늘바라기 꽃

…오늘은 우리가 죄인들을 위해 단 하나의 희생도
하지 않았지 언니, 이 무화과로 희생을 바치자
히야친따는 바구니에 담긴 무화과를 집으려다 놓았다*

…지난번에도 넌 포도를 가난한 애들에게 주었는데,
…루치아 언니, 기도뿐만 아니라 고통까지 바쳐야
마음이 기쁘니까, 정말로 목이 마르지만 참을래**

그녀가 손에 꽉 움켜쥐어 피를 흘렸던 쐐기풀이
내 손가락과 가슴을 찔렀다
루치아의 회고록 밑줄 친 붉은 줄마다 눈물이 흘렀다
오! 아름다우신 부인과의 약속은 얼마나 빛이 영롱한지

십자가에서 내린 예수님을 안고 있는 성모님의
숨겨진 눈길은, 숨겨진 손길은, 마음갈피의 오열조차,

포도송이 같은 히야친따의 눈물로 알알이 물결치며
내안의 무엇인가를 툭, 툭 터뜨리고 있었다

넌***어린 가장을 위해 한 끼 밥을 굶은 적이 있나

허리에 밧줄을 꽉 조여 묶고 하루라도 지샌 적은 있나

마른 입술, 얄팍한 혀로 했던 수많은 거짓말
네 눈의 들보를 보지 못한 죄, 진심 어린 고해 성사
숨어 계신 하느님을 간절히 찾으며 영성체를 모셨나

별들은 천사들의 눈빛이야, 달은 히야친따의 초롱등이야,
태양은 예수님의 불타는 얼굴이야, 이 밤, 나도 간절하게
멀리서 내 초롱등을 바라보며 두 마음을 모읍니다.

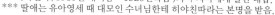

* 루치아의 『파티마』의 기적 회고록에서 쓴 히야친따(당시 8살)의 일화.
** 히야친따(1910년 태어남 ~1920년죽음)가 루치아에게 말한 대답.
*** 딸애는 유아영세 때 대모인 수녀님한테 히야친따라는 본명을 받음.

청산도 행복 우체통

앉아서 보아도 천리를 내다보는 눈
봄 파도 소리, 희푸르게 들렸다
겨우내, 보리밭 여리게 푸르게 지났다
유채꽃 잔뿌리부터 손톱 잎까지
귀, 귀만 오롯이 위로 열어 두었다

바람은 유채꽃 외이도 내이도 그 안쪽
둘레둘레 지나간 귓밥에 꿀을 쟁였다
달랑달랑 봄 귀걸이만 쉼터에 울렸다
돌담길 단칸 방 돌아서, 먼 손님 소식을
전하며 햇살 편지만 묵으러 들렸다

종종 어질머리 봄은 아리아리했다
유채꽃 연노랑 어린 꽃송이들이
소고춤 앞태 뒤태 춤사위를 보이면
북채 귀, 귀 장단 신바람 휘돌아 치면
섬 아리랑 바람도 맞장구를 쳤다

(북장단 듣고 네가 바로 온 줄 알았지)
심청이의 딸 아기나들이 쉼터엔

길바람 세세한 지도만 머물라 했다
어부들 미역귀 반짝 편지를 전했다

유채꽃 바람은 봄나들이 속말만
낱낱이 방, 방, 방 꽃몽울에 써 놓았다
달달한 진짜 첫 꿀단지 소리 기어코 귀,
귀, 청산도 바위에 오롯이 쉬어가겠다.

아카시아 꽃향기는 바람에 날리고

힘을 꽉 채운 북소리 북채가 리듬을 울렸다
라데츠키 행진곡* 현악기 관악기들도 힘을 모았다

부드럽고 흥겨운 선율에 경쾌한 발소리를 맞추면,
짙은 감색 교복, 햇빛에 반짝이는 머리칼 물결
멀리 뚝섬의 강물이 하얀 모래운동장까지
힘차게 밀려왔다 잔잔히 물러갔다

리듬체조, 높이뛰기, 농구, 민속춤, 답교踏橋놀이로
젖은 머리칼을 귀 뒤로 넘기며 맨 종아리를 다졌다
꿈은 뚝섬의 옥색 빛 외로운 섬으로 떠 있다가
빛으로 노를 저으면 노을빛 그림자를 드리웠다
난, 화가 난, 선생님 난, 발레리나 넌, 시인

1월 6일 밤 2시까지 TV 녹화방송을 듣는,
(신년 축하 빈 필하모니가 연주하는 라데츠키 행진곡)
지휘자는 손짓 눈짓으로만 강약을 보내는데
객석의 감상자들과 난 눈을 모으고 꽉 찬 손가락
힘을 받아 쉼, 다시 쉼, 새마음으로 손뼉을 친다

>

    (감색 교복 하얀 깃에 풀을 빳빳이 세운, 걸음걸음이
경쾌한, 햇살에 물결치는 스커트를 한껏 팔랑이며)

유리창너머 별, 별 떠 있는 청자 빛 하늘 저 멀리
사라진 뚝섬의 옥색 물빛에 물드는 신새벽, 아련히
스쳐오는 저 말의 힘, 사람다운 사람, 어디서든
있으나마나 한 사람이 아닌, 진짜배기 꼭 순금이 되라.

* 왈츠의 왕 요한 슈트라우스 2세의 아버지(1804~1849) 1세가 작곡함.

문학의 밤

모닥불은 꺼져도 따스한 재속에 밝은 불씨들 품고 있다
새벽까지 기다림은 모락모락
별스런 눈을 뜬 채 물결쳐 은모래로 반짝거린다

강촌「숲속의 시인학교」백일장 주제 발표 봉투를 쥔
내 손이 떨렸다 마이크 앞에서,
오십 년 전, 다방의 첫 층계를 올라가며 가슴 두근거렸던
숨소리를 가만히 쓸어내렸다

전봇대에 붙어있던 포스터 '문학의 밤'
흰 종이에 작은 붓 내림글씨로 쓴 차와 시 낭송
날짜와 시간 다방 이름 ○ ○ 대학교 국문과

오랜 기다림이 물결쳐 번져 오는, 자유를 향한 떨림

고등학교 교복 차림 금지 구역, 난생 처음 들어선
청구靑丘동 옆 문화동 길모퉁이 다방 무명無名
다탁 여남은 개 찌그러진 나무 의자
남자 대학생이 프린트 물을 다탁 위에 놓고 있었다
등사잉크와 머리칼 냄새가 훅 교복 앞섶까지 스몄다

\>

시를 낭송하는 대학생들의 목소리가 툭툭 끊어졌다
난로엔 장작불이 불콰한 얼굴로 타다 진땀을 흘리는
주전자 물소리가 달아올랐던 내 숨소리를 잦아들게 했다
접시엔 개피떡 달랑 세 개, 쓴 커피 향 한 잔이 외로웠던,

여기, 종이컵 갈색 번짐이 고운 모카커피를 입술에 적신다
반나마 남긴 찐 옥수수자루들, 입술 자국 남아 있는 술잔,
빈 소주병들, 오징어채, 쥐포가 첫 마음처럼 웅크린 채,

풀밭에선 노래와 춤사위 당신을 향한 자유로운 끼가
절정으로 치닫고 있는데

숲속시인들 몇몇, 백일장 시어를 생각 속에서 굴리며,
잘 익어 단물을 삼킨 까만 수박씨를 손가락 끝으로
골라내 백지에 담고 있다

모닥불 심어둔 꽃씨가 마음 안에서 점점 눈 밝히고 있는,
밤보다 먼 별빛을 향한 사랑의 열기 저 짙은,

숲속 별빛들 초록향내로 새벽안개를 두드리고 있었다.

연리지連理枝 금강소나무의 노래

그대는 나의 반쪽, 운명의 버팀목입니다
나의 반쪽, 당신은 영원한 첫 손님이지요

바람의 청아한 목소리를 솔잎 귀에 쟁입니다
풋풋한 숨결을 솔방울 비늘깃마다 새긴답니다

난데없는 번개와 우레 폭풍, 올곧은 믿음이 꺾이고
번쩍! 가슴엔 온통 거북껍질이 갈라지기 시작
눈물이 패여 찐득한 송진은 마를 새가 없었어요

고단한 몸을 등줄기에 기울여 봐요. 업어 줄게요
가슴에 포옥 안기어 멈춘 숨, 황홀한 포옹,
어지러운 용틀임 살과 살 붉게 타오르는 몸짓

쉼표와 줄임표 그 생각을 솔잎에 챙겨 둘 게요
눈발에 솔잎마다 쌓이는 높은 휘파람소리
하늘을 우러러 낏낏한 빗질을 자꾸 해 봅니다

그대는 한 권의 자전적 소설 황장목을 품었지요
세월을 나이테로 촘촘히 쓴 이름씨, 움직씨, 그림씨,

온전한 느낌씨, 토씨의 금빛 문장들을 새겼습니다

어느 날, 그대의 버팀목 서재의 책장이 되었지요
무늬의 나이는 살리고 다듬고 문지르고 옻칠을 해
빛나는 당신 책상으로 거듭 태어났습니다

들리나요. 눈물의 목소리, 깊은 울림, 장엄미사가
햇살과 바람이 담금질한 향기의 저 교향곡이!

미학적 완성을 위한 심미적 성찰

황치복 문학평론가

미학적 완성을 위한 심미적 성찰

황치복 문학평론가

1. 본색本色, 혹은 본래적 자아를 찾아서

노혜봉 시인은 1990년 월간『문학정신』신인상을 수상하며 등
단한 이래로,『산화가』,『쇠귀, 저 깊은 골짝』,『봄빛 절벽』,『좋
을好』,『見者, 첫눈에 반해서』 등 다섯 권의 시집을 상재한 바
있다. 그러니까 이번 시집은 시인의 여섯 번째 시집이 되는 셈이
다. 시력 30년을 넘긴 시인으로서 여섯 권의 시집은 그리 많다
고는 할 수 없지만, 그동안 매 시집마다 독특한 시세계와 시적
개성을 유지하면서 더욱 깊어지고 성숙해지는 시적 행보를 보인
시인이기에 시적 진화의 면모를 확인할 수 있다.

그동안 많은 평론가들이 노혜봉 시인의 시적 개성을 해명하
기 위해 노력했는데, 대체로 노혜봉 시인의 핵심적 자질들을 정
확히 짚어내고 있다고 평가할 만하다. 특히 "일상화된 삶의 고
통과 그 고통을 둘러싸고 있는 부정적인 요인들을 아름다움을
향한 욕망으로 이겨내려는 노력"(박혜경,「삶에 대한 미학적 견
인주의」)으로 점철되어 있다는 분석, "여성적 시세계, 전통미학

의 특징적인 시세계를 대폭 확장하면서 그 중심에 동양적인 정신세계를 배치하는 법고창신의 새 틀"을 마련했다는 평가(박제천, 「기운생동 백화난만의 블루 프린트」), 그리고 "온고지신溫故知新의 정신성을 현대의 기호로 육화시키면서, 시인은 예술과 예술이 결합하는 지평 융합적 사유를 공고히 구축"했다는 지적이나 "초절적 감각의 세계를 전혀 새로운 방식으로 형질전환시켜 예술과 예술 사이에서 빚어지는 지평 융합적 시너지효과를 창출하게 되"(김석준, 「견자見者의 노래 —예술과 일상의 지평 융합적 글쓰기」었다는 평가 등이 요령을 얻고 있다.

잘 알려져 있듯이, 그동안 시인은 서양의 클래식 음악의 선율이나 우리나라 고유의 전통음악인 판소리의 가락을 배경으로 하여 다양한 여성적 삶과 유년 시절의 추억, 그리고 낡고 오래된 사물이나 풍습이 지닌 아우라를 아름다운 형상으로 그려냈다. 시인에게 아름다움에 대한 갈망과 지향은 가장 주목되는 특징이기도 한데, 그러한 미학적 충동과 열정을 음악이 대변해주고 있었다. 그러니까 음악을 들으면서 연상되거나 상상되는 아름다운 삶의 한 장면이나 가치 있는 정동의 한 국면을 이미지화 하는 것이 시인이 지닌 작시술의 두드러진 특징이었던 셈이다. 시인은 시적 공간에 수시로 인상적인 클래식의 음악을 소환하며, 그 음악이 담고 있는 선율과 가락으로 삶의 아픔과 고통을 감싸 안으려는 시도를 통해서 삶의 속악함과 신산함을 정화하려는 시적 의도를 지니고 있던 셈이다.

이번 시집 『색채 예보, 창문엔 연보라색』에서도 이러한 시인의 특징적인 작시술은 여전이 힘을 발휘하고 있으며, 현실을 미학화하려는 시인의 작시술은 "멈추어라! 너 정말 아름답구나!"라고 외쳤던 괴테의 낭만주의적 선언처럼 시간 속의 존재로서의 유한성을 초월할 수 있는 하나의 가능성으로 부각되기도 한다. 그러니까 시인의 시적 전략은 시간의 파괴적인 힘을 벗어나 어떤 영원성에 도달하려는 시도처럼 보이기도 하다는 것이다. 이전의 미학화 전략이 삶의 고통과 신산함을 극복할 대안으로 등장한 것이었다면, 이번 시집에서 확인할 수 있는 심미적 충동은 유한성의 극복이라는 실존적 측면에서 근원적인 세계와 연결되고 있는 셈이다.

앞서 노혜봉 시인의 시작 과정이 시적 진화의 과정이라고 한 바 있지만, 더욱 주목되는 점은 시인의 주된 시적 관심이 현실이 아니라 예술적 영역으로 옮아가 있다는 점, 좀 더 구체적으로 말하면 예술을 통해서 현실을 포장하고 감싸려는 것이 아니라 현실 그 자체 속에서 예술을 발견하려고 한다는 점이다. 그러니까 이전까지 시인은 예술을 현실화하려고 했다면 이제는 현실을 예술화하려고 한다고 말할 수 있을 정도로 현실에 존재하는 예술적인 자질들, 아름다움의 질료들을 발견하고 그것을 주된 요소로 부각시킴으로써 현실 자체를 예술화함으로써 낭만주의적 영원성을 확보하려 한다는 것이다. 물론 여기서 말하는 현실이란 시인의 사소한 일상을 포함하여 주변의 사물, 우리 민족의 문화적 유전자로서의 고전, 풍습과 풍물, 사물과 자연 등을 모두 포괄한다.

그런데 시인의 이러한 미학적 전략을 단순히 인간적 성향이나 지향에서 비롯된 것이 아니라 자신의 정체성, 혹은 본성에 대한 성찰에 기반을 두고 있다는 점에서 시의식의 진정성과 특이성을 확인할 수 있다. 자신의 본성에 대한 탐구를 통해서 인간은 생명에 대한 근원적 충동을 지니고 있으며, 생명에 대한 근원적 충동은 곧 미학적 본성을 통해 발현될 수 있다는 자각에 기반을 둔 시의식이기에 시인의 시적 지향이 믿음직스럽고 깊이를 담보할 수 있다는 것이다. 시인의 자의식을 담고 있는 작품을 통해서 이를 확인해 보자.

　　나이 수만큼의 표정은 눈길 뒤에 숨었을까
　　거울 속엔
　　무덤덤한 그녀의 얼굴이 살고 있다

　　손댈 수 없는 네 표정을 문질러 보았다
　　슬픔이 겹겹이 밀리면서 속눈물은 말라갔다

　　바람결에 거울을 휘젓고 간 그림자,
　　너는 시든 꽃, 초조한 눈동자에 불안한 입귀
　　일렁이던 불꽃도 주름 갈피에 꽃향으로 간직했다
　　잇단음표 향들이 바로 코 앞 어지러운데

　　곱씹던 말들 기억 너머로 가뭇없이 지워졌다
　　날 위해 가꾸었던 표정을 네 얼굴 뒤에 묻었다

　　연두 연두의 여린 잎들이

산목련 꽃잎을 오롯이 흔들었던 호수엔
너한테만 보였던 미소가 햇귀처럼 싱그러운데

얼굴은 알아보지만 전혀 다른 사람으로
착각한다는 카그라스증후군
어떤 추억도 살아남지 못 했으매

그 옛날 눈 감은, 입술의 접점을
느리고 생생하게, 음표로 베낀 간주곡,
이따금씩 반짝이는 바람결
저 구름호수의 무늬들

보일 듯 말 듯 한 그녀 얼굴, 보일 듯 말 듯.
— 「얼굴 사용법」 전문

'얼굴'이야말로 한 인생이 집약되어 있는 축소판이자, 그런 점에서 한 존재자의 고유성을 담보하는 가장 적절한 상징이기도 할 것이다. 따라서 "얼굴 사용법"이란 바로 자신의 고유성과 정체성을 발굴하는 기제로 활용하는 것이며, 얼굴을 통해 자신의 지향과 의미를 발견하는 것일지도 모른다. 그런 점에서 이 시는 자아 성찰의 시이며, 자화상을 그린 작품이라고 할 수 있다. 거울 속의 얼굴이란 그런 점에서 현실적인 자아와 본질적인 자아의 구분을 명확히 해주는 구도이다. 시인은 「그녀의 두 번째 얼굴」이라는 작품에서도 "무엇이든 아득히 바라보라는 뜻/ 본색을 보지 못하는 건 때로 약이 되는 법"이라고 하거나 "어린 감나무의 노래가 된 잎들을, 감속에/ 영근 알맹이를 고요히 正色으로 응시한다."라고 하면서 얼굴이 "본색"이나 "정색正色"을 확인하는 기제라는 사실을 분명히 하고 있다.

이 시에서 얼굴은 이중으로 분열되어 있는데, "시든 꽃, 초조한 눈동자에 불안한 입귀", "주름 갈피"에서 연상되는 늙고 지친 노년의 자아상이 하나라면, "일렁이던 불꽃"이라든다 "햇귀처럼 싱그러운" 미소 등이 함축하고 있는 생동감 넘치는 유년의 자아상이 다른 하나이다. 물론 후자의 자아상은 기억 속에 있는 과거의 모습인데, 문제는 그처럼 지나간 과거의 아름다운 순간들이 "잇단음표 향들"이라든가 "느리고 생생하게, 음표로 베낀 간주곡"이라는 음악으로 환원되고 있다는 점이다. 음악은 아니지만, "이따금 반짝이는 바람결"이라든가 "저 구름호수의 무늬들"이라는 이미지 속에도 심미적 속성이 담겨 있어서 예술적 속성이 자아의 중요한 일부분이라는 것을 암시하고 있다. 그러니까 자아에 대한 성찰과 탐색에서 시적 화자는 음악이라든가 무늬, 혹은 화음과 미적 구도라는 예술적 속성을 발견하고 있는 셈이다. 자아성찰에 대한 시편을 한 편 더 읽어보자.

ㅁ이라는 방, 마음가면의 모서리 각이 있는,
저 깊은 곳 ㅇ방은 또 어디에 갇혀 있나

불안한, 초조한, 두려운, 가끔은 오만한 ㅁ,
섣부른 이 지병은 날마다 널 보며 자꾸 보챈다

한참 모자라다 스스로 뾰족한 각을 키운다

부추를 다듬으며 매운 파를 다지며 넌, 무기력해
걸레를 빨며, 잡지는, 신문은 안 보아도 괜찮아
스스로에게 거짓말하지 말자 야단치지 말자

지난 달부터 넌, 암, 쬐끔 아팠지, 고까짓 것 괜찮아
불안해 하지도 말자 미련을 삭이지도 말고
죽을 만큼 기침이 심한 건, 평생 두려워해서 못한 말
무서운 부끄러움이 게으른 구석 점, 점으로 닳혔다

ㅁ ㅁ ㅁ 널 미워했던 싫어했던 거울 뒷면의
한 끗 욕심, 지루한 편견으로 쌓인 벽, 우울한
오만함이 짙은 잿빛으로 뒤틀린다 둥글게 맥없이,

방시레 웃음으로 생그레 음악으로 가비얍게 춤으로
가뭇없이 사라진다 저, 비웃음, 눈웃음, 헛울음,
딴청 짓, 허망한 가면의 겹겹 끝자락을 떠나서

애틋한, 안타까운, 외로운, 애착, 애끈한 저, ㅇ
허전한 울림이 눈결에 꿈결에 귓결에 남실대는

ㅇ ㅇ ㅇ 오롯이, 나만을, 올연히, 온 맘을 드러내
말 속에 묶은 맘 그 끈이 나달나달해질 때까지

어느 날, 아무도 모르게 툭, 투두둑 끊어질 때까지

느슨하게 맞선다 진짜배기 그림자 나를 보듬는다.

—「그 겹과 결 사이」 전문

  '겹'이란 어떤 것이 포개지고 겹쳐진 상태이고, 결이란 바탕으로서의 켜가 지닌 짜인 상태나 무늬 등을 의미한다면, 겹이란 사회화의 과정을 거친 사회적 자아를 의미하고, 결이란 그러한 사회적 자아에 오염되지 않는 상태의 순수한 본래적 자아를 지칭한다고 할 수 있다. 이 시에서 사회적 자아로서의 겹은 "마음가면"이라는 시어가 대변해주고 있고, 본래적 자아는 "진짜배기 그림자"라는 표현이 표상해주고 있다. 결은 본디 가지고 있는 성질로서 천성이라든가 천품 등의 용어들과 친연성이 있고 겹은 습관이라든가 관습, 혹은 사회성이라든가 인위성이라는 어휘와 긴밀히 결부된다.

  그런데 겹은 "불안한, 초조한, 두려운, 가끔은 오만한 ㅁ"이라든가 "거울 뒷면의/ 한껏 욕심, 지루한 편견으로 쌓인 벽, 우울한 오만함", 그리고 "비웃음, 눈웃음, 헛울음, 딴청 짓, 허망한 가면의 겹겹" 등의 구절에서 추론할 수 있듯이, 불안과 가식과 인위적인 성격을 지니고 있다. 마음의 가면을 쓰고서 살아가는 사회적 자아는 비굴과 거짓, 허위와 가식으로 점철된 것이어서 결코 시적 주체의 진정성을 발현하지 못하며, 그러하기에 때문에 시적 주체를 편안하게 하지 못하며 마음의 평안을 가져올 수 없다. 시적 주체가 자신을 다그치듯이 내뱉는 다짐이라든가 명령어들이 시적 주체의 불안하고 불안정한 내면의 풍경을 대변해주고 있다.

그런데 "허망한 가면"인 겹이 "우울한/ 오만함이 짙은 잿빛으로 뒤틀리"고, "둥글게 맥없이" 무너지자 결이 살아난다. 겹이 사라지자 "저 깊은 곳 ㅇ방"에 있던 결은 "애틋한, 안타까운, 외로운, 애끈한 저 ㅇ"으로서 "눈결에 꿈결에 귓결에 넘실대"는 모습으로 찾아오게 된다. 사각의 감옥 같던 'ㅁ'으로 점철되었던 겹이 붕괴되자 원만구족한 'ㅇ'의 속성을 지닌 결이 되살아나는 것이다. 결이란 "오롯이, 나만을, 올연히, 온 맘을 드러내/ 말 속에 묶은 맘"으로서, 그것이 회복되자 시적 주체는 "진짜배기 그림자"가 자신을 보듬는 충일한 정서를 경험한다. 물론 우리는 '진짜배기 그림자'라든가 '눈결', '꿈결', '귓결' 등의 어휘에서 심미적 충동을 발견하기는 쉽지 않다. 하지만 시적 주체가 추구하는 것이 "나무, 돌, 살갗 따위에서 조직의 굳고 무른 부분이 모여 일정하게 켜를 지으면서 짜인 바탕의 상태나 무늬"를 뜻하는 '결'이라는 것을 상기해 보면, 그 속에는 어떤 경향성이라든가 조화, 혹은 균형 같은 심미적 요소가 숨어 있음을 추론할 수 있다. 삶과 죽음이 길항하는 다음 대목에서도 삶의 본질이 아름다움과 연결되어 있음을 발견할 수 있다.

　그대가 내 가슴을 쥐고 목숨 줄을 꽉 조였을 때,
　어두운 숲길 내 시간이 그루터기에 걸려 쓰러져 있었다
　죽음이란 유혹, 알약에 취해 실컷 몸과 놀고 싶었다

　내 명줄을 딸이 꽉 잡고 있었다

하늘 한 조각이 꽉 내 발목을 잡고 있었다

살아 봐, 살아 보는 거야,

개똥밭에 굴러도 뒹굴며 살아 봐,

연한 보라색, 보라색은 신비한 하늘색이지

새로 태어나는 색이지, 신새벽 저 창문을 봐,

오롯이 보이는 새별, 개밥바라기별을 다소곳 바라 봐.

— 「색체예보」 부분

갑작스러운 심근경색으로 사경을 헤매게 되었다는 것, 그리하여 삶과 죽음의 경계를 넘나들다 딸이 명줄을 붙잡고 있어서 다시금 이승으로 돌아오게 되었다는 것, 그리고 새로 태어난 것 같은 회생의 순간에 시적 주체는 새벽의 개밥바리기별을 바라보면서 동시에 "연한 보라색"이라는 '색'을 바라보게 되었다는 것 등의 사건이 진술되어 있다. 사실 이 시집 속에는 소리에 대한 관심만큼이나 색에 대한 관심이 넘쳐나고 있는데, 대표적으로 앞서 언급한 '본색'이라든가 '정색'들이 그러한 성향을 대변해 준다. 그런데 시적 주체는 삶과 죽음의 경계에서 삶으로 돌아오는 순간 "새로 태어나는 색"인 "연한 보라색"을 보게 되는 것이다. 먼동이 터오거나 일몰이 다가올 때 지평선에 자욱하게 깔리는 색이 연한 보라색일 것이다. 따라서 연한 보라색은 삶과 죽음의 경계에 걸쳐 있는 색이라고 할 수 있을 터이므로 삶과 죽음의 기로에 서 있던 시적 주체가 그러한 색을 보는 것은 당연한 일이다. 하지만 굳이 그러한 순간에 깨어난 의식이 '색'으로 향하고 있다는 것, 그리고 "신비한" 연한 보라색을 본다는 것은 시적 주체의 무의식에 잠재되어 있는 심미적 본성을 대변해주는 현상으로 이해할 수 있다.

2. 예술, 시간과 달관의 결정체

시인은 자아상과 자신의 본성에 대한 성찰과 탐구에 대한 갈망을 지니고 있다는 것, 그리고 그러한 성찰의 근본에는 항상 소리라든가 색과 같은 예술적 자질들, 혹은 아름다움의 질료들에 대한 관심이 놓여 있다는 것을 알 수 있었다. 이러한 관심은 사실 첫 시집인『산화가』에서부터 노혜봉 시인의 시적 특징이며 개성적인 부분이었고, 그래서 "미학적 견인주의"라는 평가를 받은 바도 있다. 그러나 어디까지나 그러한 관심은 현실의 고통과 신산함을 치유하기 위한 방편이거나 위로의 형식이었지 그 자체가 본질적인 관심사라고 하기는 어려웠다. 이번 시집의 주된 특징은 아름다움 그 자체에 대한 관심이 더욱 농후해져서 음악가나 화가, 혹은 무용가나 판소리 소리꾼을 직접 시적 대상으로 삼아 그 예술적 경지를 그리고자 한다는 것이다. 시인이 주목하는 예술가들은 '대가', '명인', 혹은 '득음'이라는 어휘들이 함축하고 있는 어떤 성숙과 완성의 경지에 도달하여 다른 사람이 지니기 어려운 기품을 가진 달인의 성격을 지니고 있다는 점에서 시인의 예술적 관심사를 확인할 수 있다. 평생 한길을 걸어서 이제는 누구도 흉내낼 수 없는 독자적이며 독보적인 경지에 도달한 예술가의 초상화와 그 예술적 극한, 혹은 절대성을 부조하려는 시도는 시인의 예술적 지향성과 의지를 암시해준다. 예술가를 그린 삶에 대한 시작품은 피아니스트 라흐마니노프의 예술혼을 그린 「낙엽무덤에서 깨어나다」라는 작품도 뛰어나지만 프리다 칼로의 삶과 예술을 그린 다음 작품이 가장 인상적이다.

짙은 초록색 수박 한 통이 한 가운데, 온전히 튼실히 잘 익은 수박 한 덩이는 얼마나 부러운 존재인가!

날벼락. 교통사고, 쇄골 갈비뼈가 부러짐, 골반 뼈가 세 동강으로 부러지고 으스러짐, 다리뼈가 11개나 부러짐. 반의반으로 잘린 수박 세 조각, 산산조각이 난 뼈와 뼈에 그녀를 톱질하는 소리 칼로 난도질하는 소리 망치소리.

초록색 껍질을 벗기고 꽃잎처럼 톱날 모양으로 자른 수박 한 덩이, 꽃다운 처녀는 두 팔을 빼고는 온몸에 깁스를 한 채 오직 천정만을 보며 누워있다. 올무에 걸린 채 울부짖는 짐승. 침대에 묶여있는 식물.

천정에 달린 거울 속 제 모습. 살에 박힌 대못, 고통과 사슬에 얽매여있는 한 존재, 살고 싶다는 버둥거림, 압도적인 외침, 단 하루치의 삶! 허공에 떠 있는 한 순간. 그림은 살고 싶다는 단호한 외침.

결혼은 환상적 상실. 사랑한다는 배신, 서른 번이 넘는 수술, 끝없는 나락으로 세 번의 유산까지, 그림보다 더 예술적인 생

명 창조, 살아 숨 쉬는 노란 연두색 수박 같은, 그 초록색 탯줄
을 끊고 아기파랑새를 귀하게 품에 안고 싶었나. 자기혁명 인간
승리의.

　살점이 무르도록 새빨갛게 눈물이 익어 까만 씨가 점, 점으로
살아 있는 수박, 선홍색 피로 물든 온몸, 겹겹 삶을 저몄던 고통
이 영글어 새까만 글자로 박혀있다. '인생 만세'라는 47개의 사
리가 선명하게 빛을 밝힌다.

　파랑새로 꼭두새벽 창공을 날고 싶다는 저 희망.
　― 「프리다 칼로의 마지막 그림 '인생만세'」 전문

　어린 시절에는 소아마비를 앓았고, 고등학교 다닐 때에 교통
사고를 당해서 척추와 골반뼈, 그리고 자궁을 다쳐 잘 걷지도 못
하게 되었고, 서른 번이 넘는 수술을 감당해야 했으며, 세 번의
유산을 겪었고, 사랑하는 연인 디에고 리베라의 외도와 배신으
로 고통을 겪어야 했던 멕시코의 독창적인 화가 프리다 칼로의
인생과 그녀의 마지막 작품인『인생만세』의 예술적 경지가 그려
지고 있다. 한 인생이 겪을 수 있는 모든 고통을 집약해 놓은 듯
한 프리다 칼로의 인생과 그녀의 마지막 작품이『인생만세viva la
vida』라는 점을 대비해 보면, 작품이라는 자체가 아이러니하면
서도 프리다 칼로의 예술적 승리를 함축해 놓은 듯하기도 하다.
　『인생만세』라는 작품은 여러가지 면에서 프리다 칼로의 인생
에 대한 축소판이기도 한데, 시적 화자 또한 그러한 면에 주목하

고 있다. "반의반으로 잘린 수박 세 조각"이라든가 "톱날 모양으로 자른 수박 한 덩이" 등은 프리다 칼로의 "산산조각이 난 뼈와 뼈", 그리고 "그녀를 톱질하는 소리 칼로 난도질하는 소리" 등을 환기하는 객관적 상관물이다. 짙은 초록색의 온전한 수박은 성숙하고 완성된 삶에 대한 지향을 함축하고 있으며, 수박 껍질 속의 붉은 속살은 "선홍색 피로 물든 온몸"을 표상하기도 하지만, 또한 삶에 대한 열정과 예술적 완성을 향한 칼로의 의지를 응축하고 있기도 하다. 특히 시적 화자는 수박 속살에 검정색으로 써진『viva la vida』를 보면서 그것이 "살점이 무르도록 새빨갛게 눈물이 익어 까만 씨가 점"이 되고, 그 점이 "겹겹 삶을 저몄던 고통이 영글어 새까만 글자로 박혀있다"고 해석한다. 그리고 그 까만 씨앗은 47년을 살았던 프리다 칼로의 인생을 함축해 주는 "47개의 사리"라고 규정하기도 한다.

프리다 칼로는 사랑하는 연인 디에고 리베라의 아이를 낳고 싶었으나 자궁을 다쳐 세 번의 유산을 경험한 채 출산의 불가능성만 확인한다. 프리다 칼로가 지닌 출산에 대한 욕망에 대해 시적 화자는 "그림보다 더 예술적인 생명 창조"라고 해석하고 있는데, 그렇다면 프리다 칼로의 회화 작품들은 바로 그러한 생명 창조를 대신하는 제2의 생명 창조라고 할 수 있을 것이다. 그리고 마지막 작품인「인생 만세」는 프리다 칼로가 살아온 인생을 집약하는 생명 창조로서 그녀의 분신과 같은 존재가 되는 셈인데, "47개의 사리"라는 표현이 그러한 사실을 웅변해주고 있다. 시인은 이러한 프리다 칼로의 예술혼을 그리면서 자신의 예술혼을 가늠하고 있는지도 모른다. 예술의 또 다른 극한을 보여주는 작품을 한 편 더 읽어보자.

손은 줄잡고 발뒤꿈치 힘껏 줄당기기, 지신밟기에서
탈판, 〈동래야유〉가 외길 춤꾼의 등불을 높이 밝혔다

…평생 허튼짓 놀며 살아야 한량 춤이 될 둥 말 둥

걷는 것이 아니라 휘저어 보는, 느릿느릿 노닐다가
몸짓이 가야금 선율에 파묻혀 들어가는 어깨춤 신명
허공에 저절로 손가락이 붓방아 방아를 찧는데
발뒤꿈치를 돋아 디디며 뒤틀듯 디뎌 발끝을 옮겼다

선생님은 일부러 박을 어긋 내는 손발 끝선도 아닌데
아무도 흉내 못 내는 엇 박 춤이 장끼라고 하대요
(본래 제 박을 아차! 지나쳐 놓치면 삔다 하지)
'…조금은 앞지르다가 조금 뒤처지는 그 찰나를 잡채지
흥이 나면 안개 속을 헤매 듯 절로 노닐게 돼야'.**

〈동래야유〉〈동래지신밟기〉〈동래학춤〉〈동래고무鼓舞〉
춤사위를 꿰뚫어 본뜬 듯 선생님의 도포 자락이 서늘하다
45 킬로그램도 무거운, 핏방울 실핏줄 하나도 무거워
비칠비칠 거닐다 마지막 엇 박 춤 그리는 곡선
옴싯옴싯 나는 듯 지팡이를 번쩍, 붓 그림 노닐다 간,

이슬주 한 잔은 그대 손에 흘러내린, 허공의 긴 얼룩

사운대는 수건 손끝을 따라 간밤에 밟은 내 짧은 꿈이니.

— 「지팡이 춤이 더 멋진 마지막 한량」 부분

동래 고유의 풍류와 흥을 복원했다고 평가받는 최고의 춤꾼이
며, 1930년대에 춤을 추기 시작하여 2011년 95세의 나이로 마
지막 춤을 추었다는 춤꾼 문장원의 예술혼을 그리고 있는 작품
이다. 시적 화자가 주목하는 문장원 춤꾼의 예술혼의 특징은 무
엇일까? 두 가지가 눈에 띄는데, 첫 번째는 인위성을 떨쳐버린
자연nature으로서의 마음을 비운 예술혼이며, 다른 하나는 융합
과 습합을 이룬 예술혼이다.

시적 화자가 주목하는 문장원 춤꾼의 특징은 "허튼 짓"이라든
가 "한량"이라는 시어 속에 응축되어 있는데, 이러한 시어 속에
는 세속적인 가치와 인공적인 의미로부터 자유로운 예술정신이
함축되어 있다. 시적 화자는 문장원의 춤이 지닌 아름다움에 대
해서 "평생 허튼 짓 놀며 살아야 한량 춤이 될 둥 말 둥"하다고
하면서 특정한 의도와 욕망으로부터 자유로울 것을 강조하고 있
는데, 여기에서 우리는 칸트Immanuel Kant의 저 유명한 명제인
"무목적의 목적"이라든가 노자老子의 "무위이무불위無爲而無不
爲"와 같은 도道의 경지를 연상할 수도 있다. 문장원은 엇 박 춤
의 대가라고 평가받는데, 그러한 엇 박 춤은 "일부러 박을 어긋
내는 손발"에서 나온 것이 아니라는 점에서 스스로 그러한 자연
스러움을 실현하고 있다고 하겠다.

두 번째 주목되는 예술정신은 융합의 정신인데, 이는 몰아沒

我의 체험이라든가 빙의憑依와 같은 경지를 연상할 수 있다. "몸짓이 가야금 선율에 파묻혀 들어가는 어깨춤 신명"이라는 구절이 문장원이 실현한 춤의 절대적 경지를 묘사해주고 있는데, 가야금 선율과 합일된 어깨, 그리고 자신도 모르게 자신의 몸에 어떤 기운이 지핀 상태를 암시하고 있다. 그러니까 타자와 구별되는 자아라는 분별이 사라지고 가야금의 선율이든가 자신의 몸에 깃든 감흥과 하나가 된 자아몰각의 상황을 시사하고 있는 것이다. "흥이 나면 안개 속을 헤매 듯 절로 노닐게 돼야"라는 문장원의 말 속에는 앞서 언급한 자연스러움과 융합이라는 문장원 춤꾼의 두 가지 예술혼의 속성이 고스란히 녹아있다.

시적 화자가 주목하는 융합적 성격은 춤과 그림, 혹은 춤과 붓글씨가 결합하고 있는 장면에서도 확인할 수 있다. 문장원의 춤을 묘사하면서 시적 화자는 "허공에 저절로 손가락이 붓방아 방아를 찧는"다고 묘사하기도 하며, 문장원의 장끼인 엇 박 춤에 대해서는 "옴싯옴싯 나는 듯 지팡이를 번쩍, 붓 그림 노닐다 간"이라고 하면서 문장원의 춤은 춤으로 그치지 않고 서예라든가 회화와 같은 다른 예술적 영역으로 초월하고 있음을 암시하고 있다. 구음口音의 대가인 "생짜기생 유금선"의 예술혼을 그리고 있는 「꿈나라, 학춤을 부르는 소리 口音」이라는 작품에서도 유금선의 구음은 "춤꾼의 깃털 날개 도포 자락 가볍게 목을 트는 몸짓"이라든가 "떨리는 음의 깃털을 털며 비상하는 학, 나리릿! 휘리릿!/ 발바닥을 차면 허공, 넓은 소매 자락 하늘이 햐아! 높다"라는 표현 등을 통해서 학춤으로 탈바꿈되는 현상을 묘사하고 있다. 이처럼 춤이 서예가 되거나 회화가 되고, 또는 구음이 춤이 되는 등 노혜봉 시인이 주목하는 예술의 융합 현상은 지극한 경지에 도달한 예술이 지닌 초월적 성격을 함축하고 있거니와 이러한 예술의 경지에 대한 관심이 곧 시인의 예술적 비전과 의지를 암시하고 있는지도 모른다.

시인의 예술적 완성에 대한 지향은 판소리에 대한 관심에서도 확인할 수 있다. 이 시집에는 「별리, 애원성 눈물매듭이 빛날 때」를 비롯하여 「곡진하게 눈물로 매듭을」, 「천 년이 지나도 연꽃은 그냥 열여섯 살」, 「심청이 두 번 죽다」 등 춘향가와 심청가를 패러디 한 작품들이 포진하고 있는데, 이러한 작품들은 판소리의 사설을 모방한 문체를 통해서 판소리의 미학을 구현하려고 시도하고 있다. 창과 아니리, 발림, 그리고 고수가 치는 북소리가 없기에 판소리의 종합적 예술이라는 아름다움을 실현하기는 어렵지만, "우르르르르르 철썩 철썩 찰랑 찰락찰락찰락//떴다 보아라 인당수에 둥싯둥싯 봉오리 속에 꽃잠 든 청아"(「천 년이 지나도 연꽃은 그냥 열여섯 살」)와 같은 구절을 보면 판소리의 가락을 시적 리듬을 통해서 구현하려는 의도를 읽어낼 수 있다. 융합적 예술의 시도라고 평가할 만한데, 시인이 명시적으로 언급하지는 않았지만 무엇보다 이러한 대목에서 판소리의 최고 경지라고 하는 "득음得音"이 연상되는 것은 자연스러운 일일 것이다.

3. 사물과 자연 속에 깃든 예술 작품

하지만 시인의 예술에 대한 관심과 열정을 확인할 수 있는 대목은 오래된 사물에서 예술적 기품을 발견하거나 자연물에 깃든 예술적 아름다움을 발견하는 장면이라고 할 만하다. 시인은 그전에 견지했던 예술로서 세계를 바라보던 예술의 세계화에서 세계를 예술 그 자체로 바라보는 세계의 예술화라는 경지로 나아가고 있는 셈이다. 시인이 보기에 세계는 단순히 존재하는 것이 아니라 음악을 연주하거나 화음을 형성하고 있는 예술품이며, 선과 색을 통해서 예술적 아우라를 실현하고 있는 창조자이기도 한 것이다. 이러한 현상은 시인이 유독 예술적 기품을 간직하고 있는 사물과 자연물에 주목하고 있다는 말이 되겠지만, 더욱 중요한 것은 그러한 사물에서 예술적 가치를 읽어내는 감식안과 심미적 능력이라고 할 수 있다.

예컨대 이제는 박물관에서만 볼 수 있는 '다듬이 돌'은 예사로운 사물이 아니라 "울음 무늬"라는 아름다움을 지닌 예술품이기도 하고, 방망이로 쳐서 돌울음을 연주하는 "난타"의 공연(「사라진 다듬이 돌의 길」)이기도 하다. 또한 "책장 선반 한 쪽"에서 먼지를 뒤집어쓰고 있는 놋그릇인 옥바리는 "놋그릇 본래의 제 색을 지키려/ 안간힘 갖추고 있는 음전함에 윤이 나"는 "빛나는 품새"(「빛나는 먼지가 색을 입히다」)를 지닌 고고한 아름다움으로 해석되기도 한다. 다음 작품은 항아리가 음악을 연주하고 있다는 점에서 우리 고유의 문화에 서린 예술적 품격을 선명히 보여준다.

부드러운 입술 봉숭아꽃 꽃잎을 짓찧듯
바이올린의 활줄이 A선을 문질렀다

손가락이 여리게 E선 반올림 음을 누르면
뱃살과 꿀벅지 안을 지긋이 달구었다

젖꼭지에 간절한 바램을 졸이며
조개껍질 속 후벼 겹겹 살이 떨렸다
피치카토! 피치카토! 불꽃을 치달려
끊으며 꿈결처럼 활줄을 그었다

배꼽 나이테며 손금에 땀이 고였다
늘어진 솜털 옆 긴 주름이 깊게 남았다

힘찬 그의 숨결도 잠잠히 사위어 갔다
손가락 끝에서 사라진 침묵의 손길도
시간을 덮고 찬찬히 사랑의 기억까지
활줄에 G선 내림음을 느리게 묻었다

손끝에 오래 묵혀서 향기로운 몸
온 숨결로 새 생명을 배태한,
오지항아리 겹겹 주름살이 꽃술로 핀,
　　― 「너의 손을 위한 환타지아 ―오지항아리의 물꽃, 숨꽃, 불꽃」 전문

　　잿물을 발라 윤이 나는 항아리이기에 오지항아리에서 "봉숭
아꽃 꽃잎을 짓찧듯"한 색깔을 읽어내거나 "손끝에 오래 묵혀
서 향기로운 몸", 그리고 "꽃술로 핀" "오지항아리 겹겹 주름살"

을 발견하는 것은 그리 어렵지 않은 일이다. 하지만 시적 논리에 따르면 오지항아리는 아름다움 빛깔과 향기만을 지니고 있는 것은 아니며 한 편의 클래식을 연주하고 있는 바이올린이자 교향악이라고 할 만하다. 오지항아리는 단순히 정태적으로 앉아 있는 것이 아니라 역동적으로 꿈틀거리며 어떤 음악을 연주하고 있는 것이며, 따라서 생동감 있는 변화와 어떤 흐름을 담지하고 있는 유동체이기도 한 셈이다.

구체적으로 "바이올린의 활줄이 A선을 문질렀다"는 표현을 비롯하여 "손가락이 여리게 E선 반올림 음을 누르면", 그리고 "활줄에 G선 내림음을 느리게 묻었다"는 표현 등이 오지항아리가 바이올린처럼 음악을 연주하는 하나의 악기임을 암시하고 있다. 특히 "피치카토! 피치카토! 불꽃을 치달려/ 끊으며 꿈결처럼 활줄을 그었다"는 대목을 보면 현을 손끝으로 튕기며 격렬하게 절정을 향해 치닫고 있는 연주의 현장을 목격하는 듯하기도 하다.

오지항아리에서 바이올린의 연주 소리를 듣는 것은 물론 제목이 시사하듯이 "환타지아"라고 할 수 있다. 하지만 그러한 환상이 전혀 근거가 없거나 시적 논리가 빈약한 것은 아니다. "솜털 옆의 긴 주름"이라든가 "오지항아리 겹겹 주름살" 등에서 알 수 있듯이 시인이 오지항아리에서 주목하는 주름이 매개 역할을 할 수 있기 때문이다. 잘 알려져 있듯이 흙으로 빚고 잿물을 바른 오지항아리는 숨을 쉰다고 한다. 그래서 오지항아리에 담은 된장이나 고추장이 발효가 잘되고 숙성이 잘된다고 알려져 있다. 그러니까 오지항아리는 단순히 앉아 있는 것이 아니라 들숨과 날숨을 통해 호흡을 하고 있는 셈이다. 더구나 햇살과 구름, 그늘에 따라서 오지항아리의 빛깔과 주름살은 변화무쌍한 모습을 보일 것이다. 햇빛이 비치는 각도나 양에 따라서 윤이 나기도 하며, 일렁이는 파도처럼 변하기도 하는 것이다. 이처럼 들숨과 날숨을 교차하며 호흡을 하고, 햇빛의 변화에 따라서 무수한 변화와 흐름을 보여주는 오지항아리에서 한 편의 연주를 상상하는 것은 그리 어렵지 않는 것이지만, 오지항아리에서 바이올린의 연주를 읽어내고 한 편의 교향곡을 연상하는 것은 예술에 대한 시인의 관심과 열정이 만들어낸 현상이라고 할 만하다. 세월의 때가 묻으며 낡아가는 사물이 음악을 연주하고 있다면 자연이 그러한 일을 못할 리 없을 것이다.

저 멀리 동굴 빛이 새어 비추는 들머리,
물소리의 폭포가 흐르다 멈춘,
종유석 파이프 오르겐 둥글고 긴,
가는 관을 깎아내린 장엄, 저 신전
빛이 닿자 온 살과 몸이 덩어리 채
깨어났다 동굴진주도 석화도
석순 석주도 주름진 커튼들도, 환희의 떨림
교향시 「짜라투스트라」가 울려 퍼졌다
— 「그대가 스며들어 녹인 조각, 종유석」 부분

석회동굴 내부의 동굴 천정에서 지하수가 물방울로 떨어질 때, 동굴 천장에 고드름같이 달려 있는 탄산칼슘 덩어리인 종유석과 석회질 물질이 동굴 바닥에 쌓여 원주형으로 위로 자란 돌 출물인 석순 등이 생성되는 과정을 상상하며 시인은 리하르트 슈트라우스가 작곡한 교향시 「짜라투스트라」라는 관현악 연주를 듣는다. 시적 화자는 종유석을 "파이프 오르간"에 비유하고 있는데, 이러한 비유는 종유석이나 석순이 한 편의 교향악으로 울려 퍼지고 있다는 시적 진술에 설득력을 부여하고 있다. 중요한 것은 자연의 생성과 변화의 활동을 음악을 작곡하고 연주하는 예술 활동으로 읽어내는 시인의 시선이라고 할 수 있는데, 시인이 그 만큼 자연 속에 깃든 리듬과 아름다움에 주목하고 있다는 하나의 방증이기 때문이다. 시인이 자연의 음악 소리에 귀기울일 때 다음과 같은 아름다운 작품이 탄생한다.

그대는 나의 반쪽, 운명의 버팀목입니다
나의 반쪽, 당신은 영원한 첫 손님이지요

바람의 청아한 목소리를 솔잎 귀에 쟁입니다
풋풋한 숨결을 솔방울 비늘깃마다 새긴답니다

난데없는 번개와 우레 폭풍, 올곧은 믿음이 꺾이고
번쩍! 가슴엔 온통 거북껍질이 갈라지기 시작
눈물이 패여 찐득한 송진은 마를 새가 없었어요

고단한 몸을 등줄기에 기울여 봐요. 업어 줄게요
가슴에 포옥 안기어 멈춘 숨, 황홀한 포옹,

어지러운 용틀임 살과 살 붉게 타오르는 몸짓

쉼표와 줄임표 그 생각을 솔잎에 챙겨 둘 게요
눈발에 솔잎마다 쌓이는 높은 휘파람소리
하늘을 우러러 깻깻한 빗질을 자꾸 해 봅니다

그대는 한 권의 자전적 소설 황장목을 품었지요
세월을 나이테로 촘촘히 쓴 이름씨, 움직씨, 그림씨,
온전한 느낌씨, 토씨의 금빛 문장들을 새겼습니다

어느 날, 그대의 버팀목 서재의 책장이 되었지요
무늬의 나이는 살리고 다듬고 문지르고 옻칠을 해
빛나는 당신 책상으로 거듭 태어났습니다

들리나요. 눈물의 목소리, 깊은 울림, 장엄미사가
햇살과 바람이 담금질한 향기의 저 교향곡이!
— 「연리지連理枝 금강소나무의 노래」 전문

　시인은 줄기가 굵고 곧으며, 붉은 색을 띠고 향기가 진한 소나
무, 연륜이 오래되고 목질이 양호하여 임금님의 관으로 사용하
여 황장목이라고도 하는 금강송에서 음악을 발견하고 있다. 시
적 화자는 연리지 금강소나무에서 "장엄미사"와 "교향곡"을 듣
는데, 시적 논리에 의하면 그러한 음악은 연리지 금강소나무가
직접 연주하는 것으로 설정되어 있다. 그런데 연리지 금강소나

무는 어떻게 그러한 음악을 연주할 수 있는 것일까?

시적 논리를 쫓아가 보면, 연리지 금강송은 "바람의 청아한 목소리를 솔잎 귀에 쟁이"고, "풋풋한 숨결을 솔방울 비늘깃마다 새"겨 놓고 있으며, "눈발에 솔잎마다 쌓이는 높은 휘파람소리"를 간직하고 있기도 하다. 연리지 금강송은 소리들의 저장고인 셈이다. 게다가 연리지 금강송은 두 줄기가 "황홀한 포옹"을 하고 있으며 "어지러운 용틀임"으로 "살과 살 붉게 타오르는 몸짓"을 하고 있다. 즉 연리지 금강송의 두 줄기가 하나의 몸처럼 이리저리 꼬거나 비틀면서 하나의 화음和音을 형성하고 있는 것이다. 또한 금강송은 "세월을 나이테로 촘촘히 쓴 이름씨, 움직씨, 그림씨,/ 온전한 느낌씨, 토씨의 금빛 문장들을 새"긴 "한 권의 자전적 소설"이기도 하다. 금강송은 무수한 나이테로 표상되는 시간의 흐름을 견디며 풍상을 겪어온 한 생명의 일대기로서 자전적 소설이기도 한 셈이다.

금강송의 삶이 이렇다면 금강송의 죽음은 어떠한가? 죽음 또한 한 편의 아름다운 예술작품이 된다. 금강송은 베어져서 "무늬의 나이는 살리고 다듬고 문지르고 옻칠을 해/ 빛나는 당신 책상으로 거듭 태어"난다. 목재가 된 금강송은 자신의 그 아름다운 나이테의 무늬를 간직한 채 옻칠을 해서 윤기가 나는 아름다운 책상이 된 것이다. 시적 화자는 이러한 금강송에 대해서 "눈물의 목소리, 깊은 울림"의 "장엄미사"라고 규정하기도 하고, "햇살과 바람이 담금질한 향기의 저 교향곡"이라고 명명하기도 한다. 온갖 "난데없는 번개와 우레 폭풍"을 겪으며, "눈물이 패여 찐득한 송진은 마를 새가 없었"던 금강송에서 "장엄미사"를 듣는 것은 전혀 이상하지 않다. 또한 온갖 소리를 저장하고 있으며, 두 줄기의 화음이 있고, 한 권의 자서전이자 붉은 색과 향기를 지닌 금강송이 "교향곡"이 아닐 리가 없다. 이때 교향곡이란 관현악을 위하여 작곡한, 소나타 형식의 규모가 큰 악곡으로서의 교향곡交響曲을 의미하기도 하지만, 비유적 의미에서 소리와 향과 색과 문자가 서로 어우러져 아름다운 결과 무늬를 이룬 종합예술로서의 교향곡을 의미하기도 할 것이다.

지금까지 노혜봉 시인의 여섯 번째 시집인『색채 예보, 창문엔 연보라색』의 특징과 성과에 대해서 살펴보았다. 아름답고 매력적인 시인의 시를 보고 있으면, 맑게 흐르는 시냇물의 청아한 물소리를 듣는 듯한, 햇살에 빛나는 물결의 반짝임인 윤슬을 보는 듯한 느낌이 들기도 한다. 무엇보다 소리와 춤이, 그리고 향기와 색이, 문자와 무늬들이 서로 교감하고 화답하는 예술적 융합의 경지가 황홀하게 다가온다. 이러한 시적 성취는 첫시집인『산화가』에서부터 시인이 줄기차게 밀고 나온 "미학적 견인주의"가 발효되어 복욱한 향기를 내게 된 것이라 판단된다. 그리고 그 과정을 한 마디로 요약하면 예술의 현실화에서 현실의 예술화에 이르는 길이었다고 말할 수 있을 것이다.

노혜봉 시집

색채 예보, 창문엔 연보라색

발   행 2021년 9월 25일
지 은 이 노혜봉
펴 낸 이 반송림
편집디자인 김지호
펴 낸 곳 도서출판 지혜 · 계간시전문지 애지
기획위원 반경환 이형권
주   소 34624 대전광역시 동구 태전로 57, 2층 도서출판 지혜 (삼성동)
전   화 042-625-1140
팩   스 042-627-1140
전자우편 ejisarang@hanmail.net
애지카페 cafe.daum.net/ejiliterature

ISBN : 979-11-5728-454-2 03810
값 10,000원

* 이책은 (사)한국예총 여주지회의 지원을 일부 받아 제작하였습니다.

노혜봉

노혜봉 시인은 서울에서 태어났고, 성균관대학교 국문학과를 졸업했으며, 1990년도 월간 『문학정신』 신인상으로 등단했다. 1992년도 한용운 위인 동화 『알 수 없어요』(1992년 문학나눔 우수도서 선정)를 출간했고, 시집으로는 『산화가』, 『쇠귀, 저 깊은 골짝』, 『봄빛절벽』, 『좋을 好』, 『뉬춤, 첫눈에 반해서』(2018년 문학나눔 우수도서 선정) 등이 있다.

문학상으로는 '성균문학상', '류주현 향토문학상', '시인들이 뽑는 시인상', '경기도문학상 대상' 등을 수상했고, '시의 나라', '시터 동인' 및 '한국시인협회 회원', '한국 서울문학의 집 회원', '한국 가톨릭문인협회 회원' 등으로 활동하고 있다.

노혜봉 시인의 여섯 번째 시집인 『색채 예보, 창문엔 연보라색』의 시들을 읽으면, 맑게 흐르는 시냇물의 청아한 물소리를 듣는 듯한, 햇살에 빛나는 물결의 반짝임인 윤슬을 보는 듯한 느낌이 들기도 한다. 무엇보다 소리와 춤이, 그리고 향기와 색이, 문자와 무늬들이 서로 교감하고 화답하는 예술적 융합의 경지가 황홀하게 다가온다. 이러한 시적 성취는 첫 시집인 『산화가』에서부터 시인이 줄기차게 밀고 나온 "미학적 견인주의"가 발효되어 복욱한 향기를 내게 된 것이라 판단된다. 그리고 그 과정을 한 마디로 요약하면 예술의 현실화에서 현실의 예술화에 이르는 길이었다고 말할 수 있을 것이다.

이메일 : nohbon@hanmail.net